コーヒーはぼくの杖《つえ》

〜発達障害の少年が家族と見つけた大切なもの〜

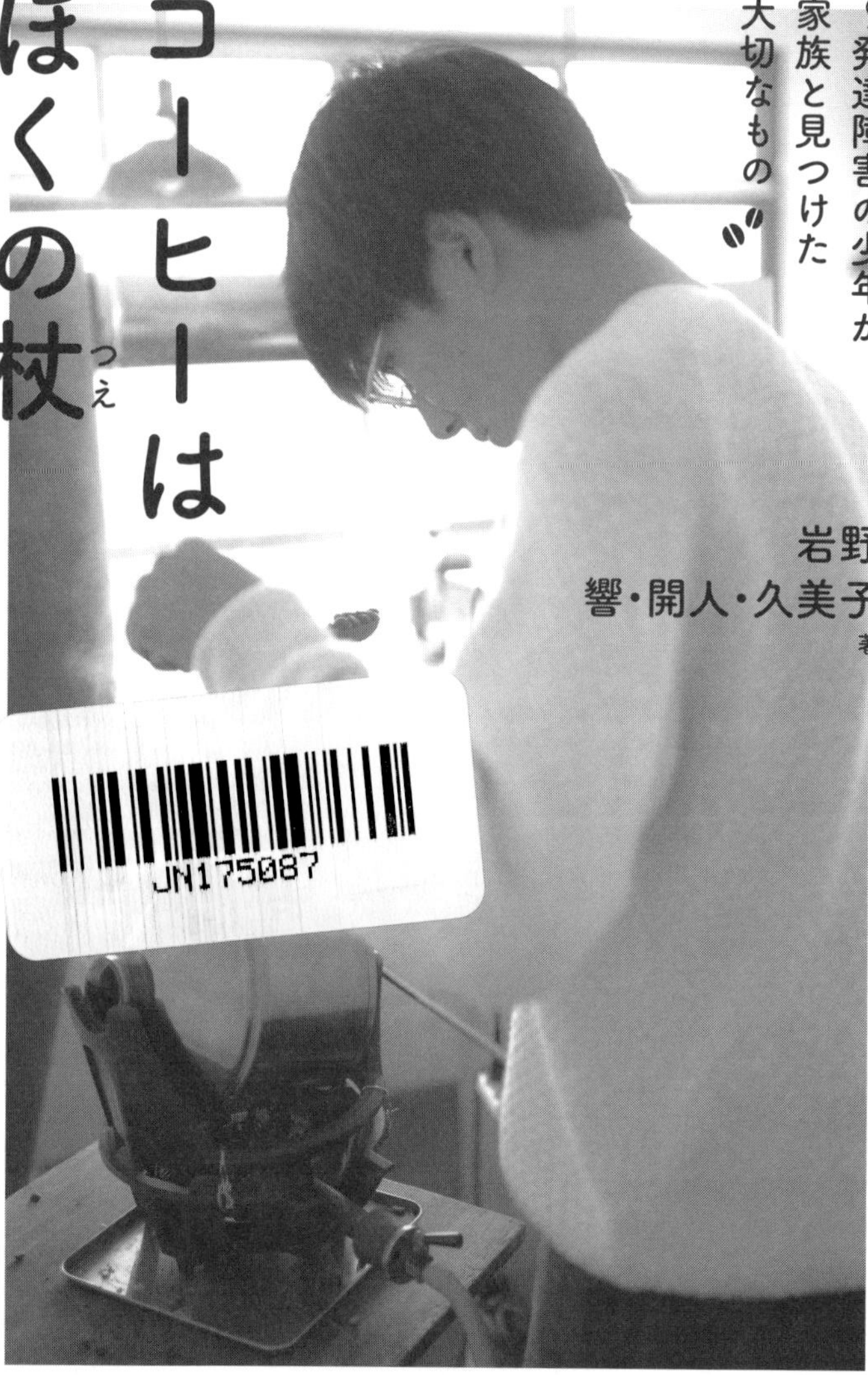

岩野
響・開人・久美子 著

三才ブックス

はじめに

群馬県桐生市に住む岩野　響くんは、８歳の頃、アスペルガー症候群の診断を受けた。小学生時代は、それも「個性」のひとつとして認められ、毎日楽しく学校にも通えていた。

しかし、より「ふつう」であることが求められる中学校では、彼の居場所はどんどんなくなっていく。

思い悩む少年と、彼をどう導けばよいのか迷う両親。

ついに彼のストレスも臨界点を迎え、「学校に行かない」という決断が迫られる。

学校に行かないのなら、どう生きるべきなのか……たった13歳でこの難問を突き付けられた少年と家族。さまざまな模索をする中で、一筋の光として見えたのが「コーヒーの焙煎士」という生き方だった。

本書では、ショップ「ホライズンラボ」をオープンし（現在は通販のみ）、新聞、テレビで話題となった岩野　響くんと、彼に本気で向き合い、寄り添った両親の知られざるエピソードを紹介する。

発達障害のお子さんを持つ家庭だけでなく、生き方に悩みや迷いを持つ人たちの一助となれば幸いだ。

※本書は岩野　響くんとご両親に取材したインタビュー内容をもとに、響、母、父の語りの順で構成しました。

コーヒーはぼくの杖《つえ》
～発達障害の少年が家族と見つけた大切なもの　目次

Chapter. 1
発達障害とコーヒー

Section. 1
15才のコーヒー焙煎士 from 響

Section. 2 アスペルガーの予兆と診断 from 母

Section. 3

〝ふつう〟ではない生き方 from 父

Chapter. 2 自分の居場所をもとめて

Section. 1

〝正しい〟中学生になろうとした日々 from 響

Section.

2 学校という社会の内と外 from 母

Chapter. 3 家族で見つけたぼくの『つえ』

Section.
2
〝ふつう〟をやめて〝自分〟を認める from 母

Section.
3
「自分で手に入れる」かけがえのない経験　from 父

エピローグ

装丁　二ノ宮匡（ニクスインク）
写真・取材　上野準

Chapter. 1

発達障害とコーヒー

Section. 1

15才のコーヒー焙煎士

from 響

石など異物が混入していないか、焙煎前には生豆をチェックする。

ぼくの居場所・焙煎室

朝8時、ぼくは焙煎室に向かう。だいたい夜の8時、長いときは10時過ぎまで、ストーブも冷房もないこの小屋で毎日を過ごしている。ここは前の住人が茶室として使っていた場所だ。父とふたりで改装して、焙煎室にした。

いまは、5キロの豆を焼ける焙煎機をメインに、1キロの焙煎機2台と合わせて3台を仕事で使っている。どちらも電気で回転する半熱風式だが、ホライズンラボをはじめた頃は500グラムの手回し焙煎機1台だけを使っていた。

手回しの焙煎は冷却も含め、1回に50分ほどかかる作業で、しかも毎回うまく行くわけではない。残念ながら廃棄になってしまうこともあるから、一日じゅう、遅いときは夜中の2時まで、休みなしで焼いても5キロを焼くのがせいいっぱいだった。

電気式の焙煎機が入り、以前よりも大量にムラなく焼けるようになったけれど、火力や回転をすべてコントロールして、自分の味を追求できる自由さは手回し焙煎機にしかない感覚だ。だからいまでも、初めての豆を焼くときや、新しい味を作りたいときは、手回しの方を使っている。今までで最高の出来だった焙煎も、手回し焙煎機か

焙煎室。時にはここで寝食を忘れて焙煎に没頭する。

ら生まれた。

ぼくは生まれつき、味覚や嗅覚が他の人より鋭いらしい。

幼い頃からスパイスのような、変わった匂いや鋭い味のする食品に惹かれる傾向があったのだが、とりわけコーヒーの味と香りが好きで、両親に隠れてこっそり飲むことがあった。中学1年で学校に行くことを辞め、その後2年間は家業を手伝っていたのだが、幸か不幸か、唯一と言っていいくらい自信を持ってできるようになった仕事が、両親にコーヒーを淹れることとコーヒーの焙煎だけだったのは、この過敏な感覚のせいもあると思う。

父の仕事を手伝う

ぼくの家は、父が染色、母がデザイン・パターンという分業で、「リップル洋品店」という洋服店を営んでいる。学校を辞めたとき、父は「染色ならできるかもしれないよ」と言い、悪くないな、と思ったので、父に「染色をやらせてほしい」と頼んだ。父を信頼していたこともあったが、なにより家で〝することがない〟状態にとても耐えられそうになかったからだ。

さっきも書いたように、結局2年やった染色の作業じたいは、ほとんど身に付くことがなかった。いいわけに聞こえてしまうかもしれないが、ぼくは興味を持てないことへの集中力が極端に低い。だから、たとえば決まった量の水をバケツに汲むというもっとも単純な作業ですら2年間、満足にできるようにはならなかった。父が「次は何するんだっけ?・」と聞いてくれれば、(あっ、水を汲むんだった)と思い出すことはできる。でも、水の量にまで注意を向けることはできず、いつも適当な量になってしまうのだった。

でも、染色の2年間があったからこそ、ぼくはコーヒーの焙煎に出会うことができたのだと確信している。

やってみて初めてわかったことだが、染色はほんとうに地味で単純な作業の繰り返しで、しかもそれすら満足にできないぼくにとっては〝しゃべってないと間が持たない〟くらい辛かった。だからぼくは父に毎日いろいろなことを話しかけたし、父もあんがい、気を紛らわせる相方ができたことを喜んでいるように感じた。

話す内容は取るに足らない、たとえば「目玉焼きには醤油をかける方がいいか、塩コショウがいいか」などのくだらないことがほとんどだったけれど、そういった会話の中で、ぼくは自分に少しずつ「居場所」ができているのを感じていた。なにより大事に思えたのは、毎食後に淹れるコーヒーで、両親から心よりの称賛をもらえることだった。

焙煎機との出会い

ぼくの両親、とくに父親はコーヒーがすごく好きで、仕事の合間にコーヒーを淹れるのをぼくに任せてくれていた。染色を始めたばかりのころはまだ自家焙煎ではなく、あらかじめ焼いてある豆を買い、手動のミルで挽くぐらいのことしかしていなかったのだが、父は当時エスプレッソに執心していて、わりと本格的な、手で圧力をかけるタイプのエスプレッソマシーンを持っていた。

ぼく自身もコーヒーが好きだったので、エスプレッソの抽出はかなり研究したし、相当のこだわりを持っていた。染色では足を引っ張ることが多いぼくと父の会話がコーヒーに偏ってくるのも当然のことで、父がときおり投げかけてくるコーヒーの質問に答えるため、ネットや図書館で調べたりもしていた。

初めて焙煎機を手に入れたのは、学校を辞める少し前のことだ。母が懇意にしている雑貨店の女主人が、「そんなにコーヒーが好きなら焙煎もやってみたら?」と、簡単な焙煎機をくれた。

しばらくは使わないまま放っておいたのだが、染色のあいまの「ねえ、焙煎機使わないの?」などといった、父のやや挑発的な投げかけに応じているうちに、使ってみたい気持ちが出てきた。染色の作業を通してチャッカマンとコンロを使えるようになっていたことも大きいが、ぼくが尻込みして「なま豆がない」などと逃げる口実を作るたび、すぐに、どこからか自分の好きな豆を調達してくる父の行動力も、ぼくを駆り立てたように思う。

毎日、仕事が終わった夜に、染色の作業場を借りて焙煎の練習を始めた。そのころ使っていたのは、いま持っている手回し焙煎機よりずっと小さい、言ってしまえばおもちゃのような代物だったが、それでも楽しかった。父に頼んで何度も生豆を取り寄せてもらい、時間を忘れて焼き続けた。

ぼくは、他人になにかを習うということが絶望的に不得意だ。だから、焙煎についても、見よう見まねどころではない、はじめはまったくのデタラメだったと思う。コーヒー焙煎の基礎が書いてある本を図書館で探して調べたりもしたが、最終的には自分の鼻と目だけが頼りだった。

あくる朝、父と母に、まだ焙煎とは名ばかりの焦げた、あるいは生焼けのコーヒーを淹れては、「ひーくん、これは美味しくないよ」と率直な感想をもらうことをえんえんと繰り返したが、くやしかったという以上に、すなおに嬉しかった。いちからものを作ることができたという達成感と、これしかない、という手応えを感じられたこと、それに、家族の役に立てているという満足感があった。

ようやく両親から「うん、美味しいよ」と言ってもらえるようになったのは、焙煎をはじめて1年が経過した頃のことだったと思う。

憧れのレジェンド焙煎士

ぼくの焙煎が両親の知人たちに少しずつ知られはじめた頃、母とともに二人展を開催した陶芸家の方が、1冊の本をくれた。その本は、何人かの焙煎士が自分の焙煎スタイルや人生をインタビュー形式で語るというものだったが、そのひとりに大坊勝次さんがいた。

38年のあいだ、手回し焙煎機だけで喫茶店「大坊珈琲店」を営んだ大坊さんの語る内容は、ハイテクロースターを使いこなす焙煎士たちの専門的な説明に比べ、直感で理解できることが多かった。とくに、大坊さんが語る「7.0」という焙煎のポイントは、それをまだ言葉にはできていなかったけれど、焙煎がうまくいったときのあの感覚と近いんじゃないか、と思った。そして、コーヒーの焙煎にはまだまだ奥があるということを知った。

ちょうど、毎日酷使していた初代の焙煎機が壊れたのを機に、ぼくは大坊さんのトレードマークでもある富士珈機の手回し焙煎機を、地元のコーヒー機材店から5万円で購入した。染色でもらっていた月給の1万円をほとんど使わずに貯めていたので、費用は自分でまかなうことができたのだ。これが、ぼくがいまも使っている手回しの焙煎機だ。

富士の手回し焙煎機はとうぜん、13才（ぼくは早生まれだ）に合うようには作られていない。武骨で重厚で、どこか近寄りがたいような気難しさがある。あるカメラマンが「良いカメラは写真家を育てる」と言うのを聞いたことがあるが、この焙煎機に出会い、その言葉の意味が理解できた。

手回し焙煎機で調節できるのは、火の強さと回転のスピードだけだ。回転は遅くても速くても良くない。釜の中をイメージして、豆が宙を浮いているような、豆がもっとも〝心地よい〟と感じる火力と、回転のスピードをたもつ。

煙の匂いが発酵臭から茄子の匂いに変わると、パチパチと派手な音を響かせて1ハ

富士珈機の手回し焙煎機。思っている以上のスピードで何十分も回し続けるので夏などはかなりの重労働となる。

ゼ目が始まる。さらに煙が立ち込め、ややおとなしい2ハゼ目が始まれば、スプーンをこまめに差し込んで微妙な色の変化を見分ける。まだまだかな、と思っているあいだに焙煎は一気に進んでしまう。

深煎りに魅せられる理由

焙煎について言うなら、ぼくは深煎りのコーヒーが好きだ。「深煎り」と聞くと、多くの人は「苦くて焦げくさい感じ」を思い浮かべるにちがいない。ぼくもはじめはそう思っていた。

だけど、焙煎を繰り返すうちに、酸味が消えて苦みが出始める瞬間の「交じり合う一点」が存在することに気がついた。焙煎をそこでぴたりと止めることができたとき、酸味が消え、霞んだような丸い甘みが出る。2ハゼを終えた少しあとのほんの一瞬だけ訪れるそのタイミングは、季節や豆の種類、状態によっても変わる。

さらに、これは持論になってしまうけれど、コーヒーの味の大部分は焙煎で決まるものだと考えている。よく豆の産地のことを聞かれるのだが、たしかに豆の育つ環境による個性もあると思う。でも、どんなに〝酸っぱい〟豆を使っても焙煎を深くすれば酸味は消えてしまうし、どんなに〝苦い〟豆でも、浅く煎れば酸味は際立つ。

ぼくの焙煎は、酸味と苦みが「交じり合う一点」を目指している。今のぼくは、その霞んだ丸い美味しさの先にコーヒーの個性をひらめかせることこそが、焙煎という仕事だと考えている。

あの大坊さんに会える⁉

両親がぼくの焙煎に口を出さなくなった頃、思いがけない〝事件〟が母の口から告げられた。母の展示会を主催してくれたギャラリーのオーナーが大坊さんと知り合いで、大坊さんにぼくのことを話すと「いちどうちに遊びにいらっしゃい」と仰ったと言うのだ。

ぼくは感情を外に出さない。というかあまり上手く出せない方なのだけれど、その時ばかりは変な声を出してしまったような気がする。

ともあれ、深煎りコーヒーの伝説ともいえる大坊勝次さんのお宅に、両親とぼくは、渾身の焙煎を2種類持ってうかがった。

大坊さんのお宅には、2013年に閉店された「大坊珈琲店」のカウンターがそのまま移設されていた。大坊さんはレコードに針を落とし、みずからぼくの豆を挽いてゆっくりとドリップすると、カップを手に取り、ひとくち飲んで言った。

「攻めたね」

大坊さんは、ぼくのコーヒーをまっすぐに表現してくれた。いまどき、こんな「深い地点」を目指そうとしている若い人がいるのか、と。そして「この『甘み』を感じられるなら、良い線を突いている」とも言ってくれた。

そして大坊さんは、自身の「7.0」のスケールに基づいて、「君はどこを狙っているの?」とぼくに質問した。

ぼくが自分の、そのとき把握できていた「一点」についてしどろもどろで説明をすると、「うん。だとしたらこれはすこし煎りすぎかもしれない。7.2あたりだね。強烈な苦みはあるけど、ただ、甘みもちゃんと残っている」と言った。

その後も夢のような時間は続き、ぼくは大坊さんと、その〝コーヒーそのもの〟を体現しているような存在感に完全に魅了されてしまった。大坊さんは、全身でこう表現されていたように思う。

「コーヒーはひとつじゃない。きみのコーヒーを目指しなさい」

その後、ぼくはさらにコーヒーにのめり込み、「自分の味」を追求することに没頭していった。染色では相変わらず役立たずだったけれど、コーヒーの中でなら自由になれた。コーヒーでなら自分自身を表現できる、そのことが心底うれしかった。

富士の焙煎機がしだいに体になじみ、自在に扱えるようになるのにつれて、ぼくは他の喫茶店の味を知りたくなっていった。別の本を頼りに客として訪れたカフェ・ド・ランブルでは、103才の現役焙煎士である関口さんが焙煎している姿を間近で拝見することができた。供されたオールドコーヒーの深くて、華やかさのある味わいには魂を揺さぶられる気がした。

未知なるネパールの豆

自分が焙煎したコーヒーの味わいを、ぼくは「波」のような形で捉えている。

口に含んだ瞬間に来る波と、それを打ち消すように返ってくる波、そして余韻のように残る酸味のさざなみ。実を言うと、ある時期を境に、ぼくは自分の焙煎を変化させている。

「ある時期」の前、ぼくはコーヒー豆の個性を最大に抽き出すことに専念していた。口に含んだ瞬間に訪れる激しい波こそが、ぼくのコーヒーの主役だと考えていたからだ。変化は、ホライズンラボを開店して3か月ほど経った2017年の7月、ネパールのコーヒー農園を訪れたときに起こった。

ネパールは、コーヒー豆の生産地としてまだ世界的に評価されているとは言い難く、発展の途上にある。洋品店のお客さんにネパールを長年支援している方がいて、産業としてのコーヒー豆栽培を根付かせようと奮闘していた。

でも、当然のことだが、コーヒー豆には焙煎が必要で、豆の評価は焙煎の腕にもかかっている。お客さんはサンプルをぼくに手渡し、「まだまだだとは思うが、可能性を確かめてほしい」と言った。

考えてみれば、未知の豆を手探りで焙煎するのは、いままでぼくがずっとやってきたことだ。それに、まだ海のものとも山のものともつかぬ（まちがいなく海ではないが）豆を焼くという行為になにか、ぼく自身の存在と近いシンパシーのような感情も覚え、心を込めて焙煎をした。

焼きながら予感したとおり、その豆で淹れたコーヒーは丸く、奥行きがあり、ひとことで言えば、すごく美味しかった。父も母も「ひーくん、これ美味しいよ」と絶賛した。サンプルをくれたお客さんも、ひとくち飲むと顔色を変え、あわてて車で自宅に引き返すと、1時間もしないうちに電話をかけてきた。

「いちど、ネパールに行ってみませんか？」

コーヒー観が一変した！

両親とぼくは、その月のうちに急きょネパールへと向かうことになった。そして、はじめて目にしたコーヒー農園で、ぼくのコーヒー観は一変させられることになる。

農園は、イメージしていた「農園の風景」とはまったく違っていた。ロープを伝って下りるような急峻な山肌に、雑草にまぎれてぽつん、ぽつんと背の低いコーヒーの木があった。派手な色合いの巻きスカートをはいた女性たちが苗木の世話をしていた。収穫時には60ｋｇにもなるかごを背負い、30キロの道のりを徒歩で街まで運ぶという。

ぼくは、頂いたなまの豆を、ホテルのキッチンを借りて毎日焙煎した。より美味しく、より大切に。

ぼくの中で確実に何かが変わっているのを感じた。それまでは、自分という形をコーヒー豆から削り出すのに必死だった。上手く焙煎できないとき、いらだって庭にコーヒーをぶちまけたりしていた自分を恥ずかしく思った。

そして、「交じり合う一点」と「7.0」のことを考えた。誰が飲んでも美味しいと思えるコーヒーを焼かなくてはいけない。その上で、ほんの少しだけでも「ぼく」という存在を感じてもらえればいい。

いや、ちがうな。ほんの少しだけ、何分でも何秒でもいい、ホッとしてもらうだけで良いじゃないか。そりゃ、美味しいって言われる方がいい。でもきっと、コーヒーを飲むとき、しかめっ面をしている人はいないだろう。ぼくはその、ひとりひとりの時間を借りているのだ。1500キロ離れた日本にこの豆が届き、ぼくという川を通って、コーヒーは磨かれて、黒く丸みを帯びて、一滴の液体になる。

ぼくは、コーヒーがほんとうに美味しく飲まれるために、少しだけ力を貸しているに過ぎなかった。

From 響

すでに店舗で豆を売っていた時期だったが、ネパールの農園の見学は大きく彼の価値観を変えるものだった。

ネパールのコーヒー豆に直接触れる。

翌月、ホライズンコーヒーで出したコーヒーには、ぼくがネパールで感じた気持ちを込めた。「個が個であるエネルギーと、それを認められる安堵感」をテーマにした焙煎は、感情を抑えるのがまだ難しかったためかもしれない、少しあらあらしい、大きな波のうねりを残した焼き方になってしまった気がする。

「ホライズンラボ」という名前は、家族で訪れたタイの洋上で見た、水平線の美しさからインスピレーションを受けて付けた。今になってようやく、その名前の意味がわかったような気がしている。コーヒーの酸味と苦み、鋭さと丸さ、甘みと深み。それらが共存して凪いだ海を、ぼくは目指していたのだ。

手回し焙煎機の場合、業務用のガス台
を使用する。火の扱いはお手のもの。

Section.

2

アスペルガーの
予兆と診断

from 母

ある日突きつけられた事実

響に発達障害があるとわかったのは、小学校3年生のときでした。

担任の先生から「お話がある」と連絡を受けたわたしは、急いで小学校へ向かいました。通された応接室で待っていたのは、担任の若い先生と、初めてお目にかかる年配の先生でした。

「お呼び立てして申しわけありません」

担任の先生が話し始めました。

「ご存じなかったかもしれませんが、じつは響くん、授業中に、教室の床をゴロゴロ転がっているんです」

うかがった内容は、こうでした。

若い先生の受け持つクラスは、少し〝にぎやか〟な感じで、授業中に騒ぎ出してしまう生徒が数人いる。子どもたちがそういう状態になってしまうと、響はとつぜん、教室の中を歩き回ったり、床に寝転がったり、ひどいときには教室から出て行ったりしてしまう。

響が大きな音、とくに甲高い騒音を苦手なのは知っていました。でもまさか、そんなとっぴな行動をとっているとは思ってもいなかったので、わたしはちょっと言葉を失ってしまいました。

気を取り直し、「申しわけありま、」と言いかけたとき、年配のほうの先生、その後も長いお付き合いとなるK教諭が、謝罪の言葉を制してこうおっしゃったのです。

「驚かないで聞いていただきたいのですが、響くんには、ひょっとすると発達障害の傾向があるかもしれません」

恥ずかしい話ですが、「発達障害」という言葉を知らなかったわたしは、頭の中が「?・」でいっぱいになってしまいました。聞けば、K先生は、支援学級を受け持たれている養護主任とのことでした。たまたま響のようすを目にしたK先生は、すぐにピンときたようです。

「ご紹介しますので、いちど専門の病院でお話をされてはいかがですか?・」

From 母

K先生は、発達障害を専門としている女医さんを紹介して下さいました。医師の旦那さんは脳の専門医で、発達心理と脳の状態をどちらも診てくれるから、と推薦して下さったのです。

さっそく連絡を取ってみたのですが、有名な病院だったらしく、やっと取れた予約は半年後でした。だから、診察を待つ半年のあいだ、わたしと夫は「発達障害」について調べてみようと思い立ちました。

症例は〝響の行動〟そのもの

その時の気持ちを、うまく表現することができません。とにかく、目からウロコが落ちるなんて騒ぎではありませんでした。発達障害のお子さんをお持ちの親御さんならきっとわかっていただけると思うのですが、当てはまること当てはまること。思わず笑っちゃうぐらい、〝響のこと〟が書いてありました。

ああそうなんだ、響は「発達障害」だったんだ。響の奇妙な行動の謎がすべて解けたような気がしました。

公園でお腹いっぱいになるまで水風船を食べちゃったり、落ちている木の枝をかじって「この木の味、お母さん知ってる?」と言ってみたり。夜、ぜんぜん寝ないのもぴったりと当てはまりました。思い返してみれば、響には時間の感覚がないし、暑いとか寒いとかもわかっていない感じでした。真冬なのにものすごい薄着で「えっ、寒くないよ?」なんて平然としていました。

奇妙なこだわりもありました。2歳頃の響がお気に入りだったのは、洗剤の空き容器を並べる遊びです。

たくさんの洗剤をお気に入りの角度に並べると、それをいったんバラバラにして、また並べ直す。それを5時間も6時間もえんえんと続けていました。

家のテーブルに並べるだけならまだ良かったのですが、困るのは、出かけるときにもかならず洗剤を持ち歩かなくてはならなかったことです。どこへ行くときでも、右手にシャンプー、左手にはリンス。それだけじゃありません。街で洗剤のロゴマークを見つけた時には、その実物がないとパニックを起こし、大声で泣きじゃくります。だから、わたしたちの自家用車にはいつも、段ボールに入った響の洗剤セットが積んでありました。

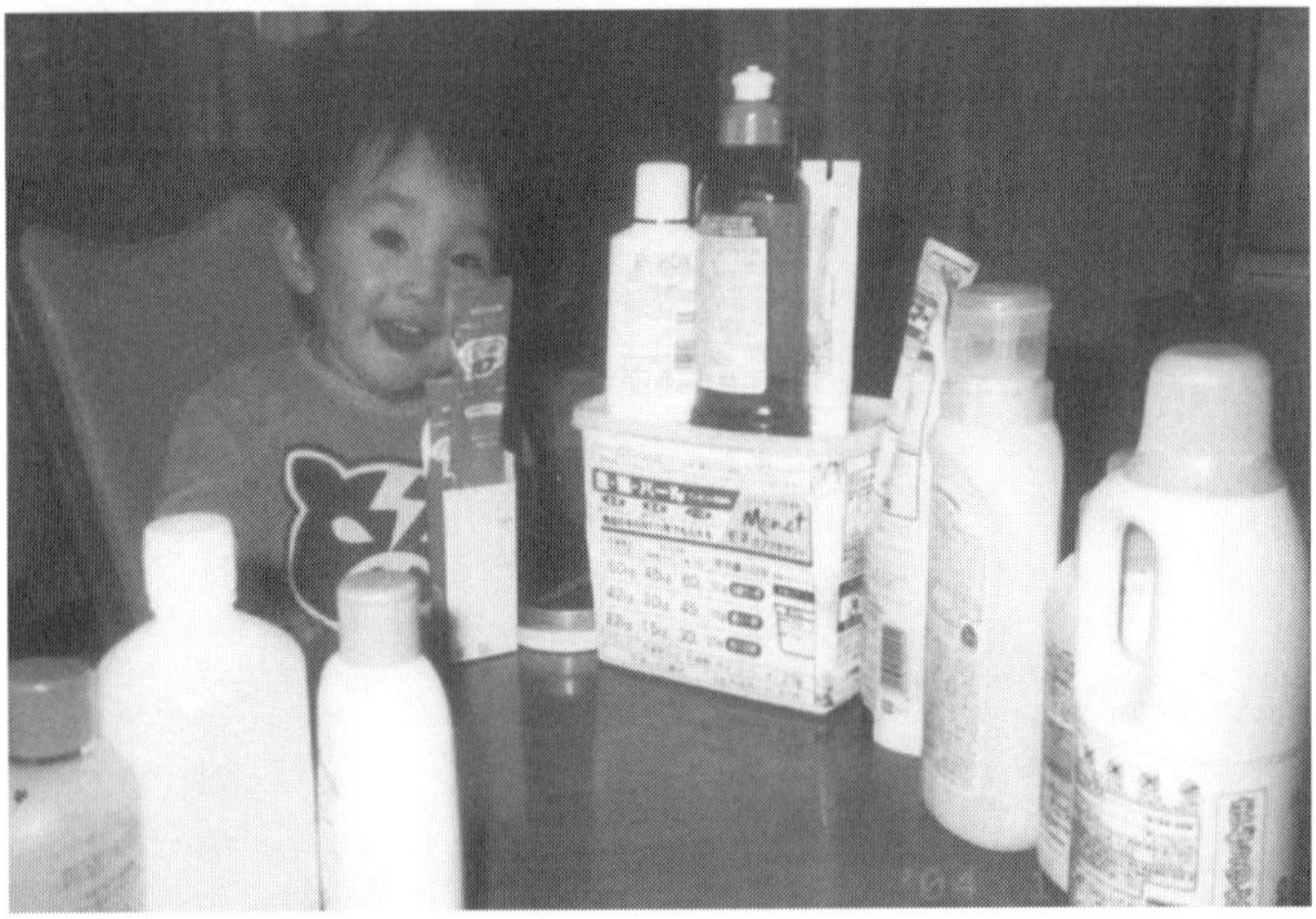

響・2歳の頃。洗剤を並べてご満悦。

でも、同じ洗剤の用意がないときだって当然あります。そんなときは響を抱っこしてコンビニやドラッグストアに走るのですが、買えたならまだラッキー。旧デザインなどで見つからないときは大変でした。東京にいても、すぐ群馬の家まで引き返す羽目になるのですから。家に到着してその洗剤の容器を手にするまで、響は泣き続けていました。

こだわりが強過ぎる

保育園にも通っていたのですが、当初はまったくなじめませんでした。響は、お歌もお友達の名前もまったく覚えられないのです（名前に関しては小学校に行くようになってからも同じで、幼馴染みの名前を呼ぶときには、教室の後ろに貼ってある名簿を毎回確認していたといいます）。

ずっとグズっている響に保育園の先生もちょっと手を焼いていたらしいのですが、ある日、保育園で取っている新聞に挟まっていた薬局のチラシを見ると、ピタッと泣き止んだらしいのです。それからは、通園リュックにはかならず薬局のチラシを入れていました。

先生と一緒に洗剤を指さしながら、「ライオン、花王、ピーアンドジー」などとやっていたようです。さいわい、その遊びに熱中したおかげで、「チラシを見るから早く行く！」と、保育園通いを楽しみにするようになりました。

次に、3、4歳になると、今度は携帯電話に興味を持ち始めました。小さい響が携帯を使えるわけもなく、もちろん、買い与えたわけでもありません。街行く知らない人たちが使っている携帯電話を指さし、「ドコモ○○、ボーダフォン××、エーユー▲▲……」と機種名を言い続けるのです。「どこに遊びに行きたい？」と聞けば、響の答えは「ドコモショップ！」。

連れて行くと、カタログや携帯電話の模型を片っぱしから貰ってきて、一日中眺めていました。

とてもおとなしく、親に逆らったりするようなことはまったくなかった響ですが、こだわりというか趣味に関しては絶対に譲らないのです。そういうところも、本などに出ている「発達障害」の症状そのままでした。

道具があれば大丈夫

半年後、ようやく医師と会う日が来ました。響と先生が面談し、脳の検査などをひと通り行ったあと、先生はわたしを呼び出し、しばらくわたしの話を聞いてからおっしゃいました。

「ほぼ間違いなく、発達障害です。アスペルガー症候群に当たると思います」

覚悟はしていたものの、そこまではっきりとわかるものなの？といぶかしく思っていると、先生は「こちらをご覧下さい」と検査結果を示し、

「響くんは、定型のお子さんと比較して、『できること』と『できないこと』の差がとても大きいようです」

と、細かく説明をしてくれました。

〝個性〟と呼ぶにはちょっと度を過ぎているその結果に、わたしも「確かにこれは異常だなあ」と納得したのです。

続けて先生は、

「脚が悪ければ杖や車いすを使いますね？　耳が悪ければ手話を学んだり、補聴器を使ったりします。そういう『わかりやすい障害』と同じように、外見からは『一見わからない障害』もあるんですよ」

とおっしゃいました。さらに、

「響くんには、言ってみれば脳に動いていない部分があって、それは動かない脚や聞こえない耳と同じなんです」

と説明してくれました。

「だからね、お母さん。響くんの脳の欠けている部分に合う、車いすや補聴器に当たる〝道具〟を、これから一緒に探していきましょう」

わたしにはその言葉がとても前向きに聞こえ、〝道具〟があれば大丈夫なんじゃないか、と少し安心したのです。

家に戻り、夫に医師から受けた説明を話すと、意外な反応が返ってきました。夫は、響は障害じゃない、というスタンスを取ったのです。

「われわれの導き方しだいで小学校の勉強や運動ぐらいはできるようになるんじゃな

いか」

というのが、夫の意見でした。

夫婦が自営の道を選ぶまで

わたしは、26才から自作の洋服を売り始めました。響が5歳の頃です。まったくの独学で、だれかに習ったことはありません。

お気に入りの服をニッパーで分解して、型紙を取ってそれをまた縫い直す、というような感じで、少しずつ覚えていきました。と言っても専業主婦だったので、作り始めた当初は、家族のための服だけを縫っていました。

夫はサラリーマンでしたが〝ものづくり〟の好きな人で、自分たちのものは自分たちで作ろう、という気持ちが強く、パンやうどんをこねたり、野菜を育てたり、陶芸教室に通って食器を作ったり、響のためのおもちゃを作ったりしていました。

とにかくふたりとも、お金じゃなくて手間をかけよう、というような、なかば自給自足みたいな気持ちで日々を過ごしていたのです。響もまだ小さかったので、庭に野菜があるのは、買い物に行く手間が省けてとても助かっていました。

セルフメイドの服作りでなにが困るかと言えば、気に入った色の生地が手に入りづらいことでした。ふたりとも麻がとても好きだったのですが、生地屋には当時、黒とか白とか、オーソドックスな色合いの麻生地しか売っていませんでした。

そういうとき、じっとしていられないのがわたしたちの性分です。いまにして思えば不思議な偶然なのですが、いっちょ染めてみるか、とはじめたのが、コーヒーを使った染色でした。

なんでも器用にこなす夫ですが、とうぜん、いきなりうまく染められるはずもありません。でも逆にそれが彼の心に火をつけたようで、それから毎晩、ああでもないこうでもないとふたりで工夫をしながら、染色に手を染めていったのでした。

服を売ることになったのは、ほんとうに幸運な偶然が重なってのことです。家族で街に出かけたとき、以前より知り合いのショップオーナーさんにたまたま会ったのですが、その方がわたしのワンピースを見て「それ、どこの服?」と尋ねたのです。

自分たちで作ってるんですよ、と答えると「うちに置いてよ」と言ってくれたので、まさか売れるわけないだろう、と半信半疑ながら、とりあえず手元にあった3着

リップル洋品店。自宅の一部のアトリエショップで、月に1週だけ販売している。

を置かせてもらいました。

するとその夜、電話がかかってきました。なんと、その日のうちにぜんぶ売れてしまったと言うのです。その後も、持っていったそばからどんどん売れてしまうので、洋服販売を本気で考えるようになりました。

ショップオーナーさんのご縁もあり、夫の仕事が休みの毎週土日、当時流行り始めていた、生産者が造ったものを直接手売りをする「ファーマーズマーケット」や「クラフトマーケット」に出店を始めたのです。

そういうマーケットの面白いところは、出店者が別の場所では主催者になっ

From 母

ていたりして、ご縁がどんどんつながっていくことです。知り合ったいろいろな方にご招待いただき、群馬県内はもちろん、新潟や静岡など、日程の許すかぎり他県へも足を伸ばしました。

最初の頃は月に10万円を売り上げるのがやっとでしたが、パートに出るよりは気楽だろうという考えで、お客さまと直接お話をしながら商品ラインナップや売り方を工夫して、少しずつ売り上げを伸ばしていきました。

月の売り上げが順調に増え、家族5人が食べていけると判断した夫が会社を退職し、屋号を「リップル洋品店」に決めたのは、販売をはじめて4年目のことでした。それは響がアスペルガーと診断された年でもあります。

救急車でお祭り騒ぎ!?

響には弟がふたりいます。服が初めて売れた年に次男が、3年目に三男が誕生しました。

三男が生まれた直後、いま思えば象徴的なできごとがありました。

それはちょうど、洋服の販売が軌道に乗り始めていたタイミングで、出産直後にもかかわらず無理を続けていたわたしは、体調を崩して倒れてしまいました。そのときは運よく夫の両親が来ていたので、救急車を呼んでもらって大事には至らなかったのですが、意識が戻ってから夫が話してくれた、〝その時〟の子どもたちの行動がなんというか、すごくおもしろかったのです。

生まれたばかりの三男はとうぜん泣くばかりですが、次男は「お母さんに何かあったに違いない」となぜか大量のティッシュを持ってきたと言います。

そして、響です。彼が何をしていたかと聞けば、2階でゲームをしていたらしいのです。いざ救急車が到着し、救急隊員がわたしを担架に乗せたとき、楽しそうに階段を下りてきた響は、「お祭りみたいだ！　お母さんすごい！」と、気を失ったわたしを見て大はしゃぎしたと言います。

さらに、職場から慌てて帰ってきた夫に向かって、「えっ、お父さん、深刻な顔してどうしたの？　笑うとこでしょ？」という主旨のことを言ったとのことでした。

わたしはそれを聞いて大笑いしたのですが、夫は「あの子、やっぱりちょっと変なんじゃないか」とすごく心配していました。その時に気付けば良かったのかもしれませんが、根っから楽天的にできているわたしは、それが響なんだから、とあまり気にも留めていませんでした。

夫と比べて楽観的だった理由

じつは響の成長について、わたしはそこはかとない〝自信〟を持っていたのです。6歳の頃、ひらがなが書けない響を心配して「ここ、なぞって」とノートに練習させたときも、そのときは何度言っても書けなかったのですが、ある日とつぜん、ひらがなだけではなくカタカナもローマ字も書けるようになっていました。

だからわたしは、「ずっとできなくて、急にできるようになるのが響なんだ」と理解していました。

夫は「そんな人間いるわけない」とやっぱり疑問に思っていたようでしたが、入学した小学校の先生や、当時かかりつけだった小児科の医師など、みな一様に「成長は人それぞれだから、大丈夫ですよ」と言ってくれたので、安心してしまっていた部分があったのだとおもいます。

自信の理由は、もうひとつありました。それは、わたし自身が「変わった子」だったことです。

子供の頃のわたしには、家のまわりを3周しないと玄関に入れないという変な癖がありました。あと、友達の家に遊びに行っても、タオルを使うことができなかったりもしました。それは潔癖とかではなく、自分の気に入った物しか使えなかったからです。わたし自身が「寝ない子」だったというのも母から聞かされていました。「あなただって、育てにくくて大変だったんだから」と母は繰り返し言っていました。行進で手と足が揃っちゃう、病的に運動オンチなところも響と一緒でした。

だから、わたしだってここまでなんとか生きてきているのだし、響もなんとかなるだろう、と楽観していたのです。

パニックを起こす一番の要因

アスペルガーの診断を受けてからは、響の巻き起こすできごとをノートにまとめ、医師に話すようにしていました。響の相談が半分、わたしのカウンセリングが半分のような感じです。

From 母

アスペルガーと診断された翌年からはK先生が担任になってくれたこともあり、いろいろなエピソードが耳に入るようになってきていました。

例えば、4年生のとき。夏休みが終わって、宿題を先生に見せるために並んでいたらしいのですが、前から20番目ぐらいにいた響がとつぜん、宿題を床に叩きつけて教室を出て行ってしまったらしいのです。

K先生は「今日はちょっと、落ち着くまでに時間がかかりましたよ」とおっしゃっていて、そのことを医師に話すと、医師は響に向かい「それはさ、自分の順番が回ってこないかも、って思ったんだよね?」と問いかけました。響は「そうなんです」と答え平然としていました。医師はわたしに向き直って、「お母さん、そういうときはなるべく具体的に『あと何人だよ』とか、『給食を食べ終わるぐらいの時間だよ』とか言ってあげるといいんですよ」と教えてくれました。

「響くんがパニックを起こしたり床に転がったりするときは、それは不安を感じているんです。とりあえず落ち着こうね、となだめて、不安なことをプラス方向に、細かく具体的に説明すると良いですよ」

診断を受けてよかったこと

わたしは、そうやって医師から翻訳してもらうことで、少しずつ響の内面を理解できるようになっていきました。アスペルガー症候群と診断を受けることも悪いことばかりではなかった、と思いました。こうやって説明を受けることもできるし、何より、「わたしの育て方のせいだ」という思い込みから解放されたことが大きかったのです。

でも、医師はこうも言いました。

「お母さんがわからない以上に、響くんもお母さんの感情を理解できないんです。そして、それは一生わからないかもしれない。感じてはいるんですよ。ただ、脳で理解することができないんです。だからね、お母さんもご自分の感情を具体的に、はっきりと説明してあげて下さい」

響とは〝気持ちが通じ合う〟ということはないのだと悟り、それは大きなショックでした。嬉しいときは「嬉しい」って言って笑うんだよ、とか、そういうことも教えないとわからないんだと知るのはすこし切なくもありましたが、育て方に大きな変化をもたらしてくれました。

でも、夫にはまだそれを受け入れるのが難しかったようで、その後もたびたび、わたしたち夫婦は衝突を繰り返しました。

Chapter. 1

発達障害とコーヒー

Section. 3

“ふつう”ではない生き方 from 父

手回し焙煎機。中の豆の状態を想像しながら、一定のスピードを保ち、回し続ける。

障害がわかった後、そこからどうするか

私は妻にくらべ、現実的で慎重な性格なのだと思います。響にアスペルガー症候群の診断が下されたときも、「自分の育て方のせいじゃなかった」と安心したようすを見せる妻に対して、正直に言えば、少し違和感を覚えていました。私は内心、「で、そこからどうするんだよ」と思ったのです。発達障害だというのはわかった。でもそれって、治療や訓練でどうにかなるものなのか?というのが、そのときの率直な感想です。

知識として、アスペルガーが一生涯、治らないものであることはわかっていました。本やウェブサイトにはよく、「発達障害は『脳の癖』みたいなものであり、根気よく『できること』を増やしていくしかない」という主旨のことが書いてあります。でも、だからこそ妻の「ありのままの響を受け入れる」という姿勢では、響は遅かれ早かれ社会からはじき出されてしまうのではないかという懸念が私の中にありました。響の「できること」をひとつでも増やしたい、受け入れてくれるコミュニティを

見つけたいと考え、私は行動することにしました。

私は「それが響なんだから」と理解を示す妻とは反対に、多少厳しくても社会の〝現実側〟を見せなくてはならないと考えました。家業である洋服店のお客さんに紹介していただいた障害児コミュニティや、知的障害のある子どもたちの施設で行われる文化祭などへ、響をつれて何度も足を運びました。

しかし、これは今でもずっと付きまとっている悩みなのですが、そういう子たちの中では、響はあまりにも〝健常者〟のように見えてしまうのです。私たち家族は、響の抱える問題や奇妙な行動をつぶさに知っています。

ですが、アスペルガーという、いわば「内面」の障害は、家族以外の人にはあまりにも伝わりづらく、理解されがたい。

もちろん、そのことを責めたいわけでも、ましてや誇りたいわけでもないのです。ときには、私たち夫婦ですら「怠けているだけなんじゃないのか?」と考えることがあったぐらいですから、そう見えるのは仕方のないことなのですが、他の親御さんたち、とりわけ健常児を持つ親御さんから「うちの子だってできないよ」とか「開人さん、ちょっと厳しすぎるんじゃない？」と言われるのは、ときに大変つらく感じました。親として、響が健常者として扱ってもらえることがありがたいと思ういっぽう、響の障害の伝えづらさは、彼の未来に大きな困難をもたらす予感があったのです。

「ふつう」に振る舞おうとしてしまう

さらに難しいのは、響自身も、自分が〃ふつうじゃない〃ことを受け入れるのに抵抗を感じていることでした。必要以上に「ちゃんとしよう」という気持ちが強く、わかりやすくいえば、「格好付けて」しまうのです。

かといって偉そうにふるまうわけではなく、自分のひとことでだれかを傷つけないように、失礼のないようにしよう、という気持ちがあり、なるべくおかしな行動を取らないように、と考えて行動するので、彼はいつも疲れ切っていました。

学校の勉強についても、内容の理解はできているのですが、どうしても字が書けない。正確に言えば、書くのに異常に時間がかかってしまったり、どこに書けば良いのかわからなかったりします。

わかっているのに、自分が思ったり考えたりしたことをうまく表現できないようすは、見ていてつらいものでした。

響が〝ふつう〟にふるまいたくなる気持ちも痛いほどわかるのです。学校では「劣等生」扱いされる彼ですが、知能テストでは正常値を示す項目も少なからずあって、平均より高いレベルに達している部分すらあったからです。医師はよく冗談めかして「響くんはご両親より知能が高いんですよ」と言っていました。

たしかに私も、とりたてて勉強ができたわけではなかったし、どちらかというと野球に熱中していたほうです。だからこそ響に対して、「やればできるんじゃないか？」という疑念が拭えませんでした。響にしても、私たちの期待に応えるために〝ふつう〟に見えるよう振る舞うことを、自らに課していた部分があるのだと思います。

野球といえば、私はいちど、響をキャッチボールに誘ったことがあります。笑わないでいただきたいのですが、私には昔から、男の子が生まれたら一緒にキャッチボールをしたいという、若干古めかしいような、いわば〝ベタ〟な夢がありました。

しかし、いざ響を広場に連れて行ってグローブを着けさせ、手始めにポン、と軽く

From 父

ボールを投げてみると、彼はキャッチするどころか、頭を抱えてしゃがみ込んでしまうのです。

えっ、と驚いたのですが、まあ初めてだからしょうがないか、と気を取り直し、転がっていったボールを拾わせて、もっと近い距離から、こんどは響にボールを投げさせてみました。

すると、まるで遠投でもするように、私に向かって全力で投げ込んでくるのです。これには腹が立つというより呆れてしまいました。妻はやっぱり大笑いしていましたが。

すでにアスペルガーの診断後でしたので、このことを医師に話してみました。すると医師は「お父さん、いま隕石が降ってきたらどうします?」と言います。

「ちょっとポーズを取ってみて下さい」

私はその場で、頭を抱えた姿勢をとりました。

「そう、それです。響くんには、お父さんの投げるボールが、まるで隕石みたいに見えているんですよ」

先生の説明によれば、響には、ボールが隕石やボーリングの球のような巨大で危険な物体に見えているらしいのです。目が見えないわけではない。だけど、捉え方がちがう。

私には簡単に思えるキャッチボールすら、響にはできない。そういう、ひとことではちょっと説明しづらいような「できないこと」が、響と私たちを難しい場所に追い込んでいました。

居場所があった小学生時代

それでも、小学校の後半は響にとって〝幸福な子供時代〟だったと思います。K先生と出会い、4年生は担任に、その後も学年主任として目をかけていただけたことが、少なくとも響を〝いじられキャラ〟にとどめておいてくれたからです。

K先生の（響の言葉を借りると）「コーディネート」はみごとなものでした。筆記のハンデを理解して紙に線を引いてくれたり、図工の時間には、課題とはまったく違う絵を描いてしまっても「それが響くんの個性だ」とクラスの雰囲気を導いてくれたと聞いています。

もちろん、プライドの高い響にとって、悔しいできごとも少なからずあったと思います。クラスメートに「おバカ」などという、あまりにも心ないあだ名を付けられたこともあるようです。テレビをいっさい観ない響が、その裏側にある〝おバカタレント〟なる当時の流行も知るはずはないわけですから、彼の心中は察して余りあります。それでも響は、小学校時代を楽しく温かい時間だったと記憶しているようです。響が嬉しかった思い出として話してくれたエピソードがあります。

K先生は、響が床の拭き掃除をしていると『響のぞうきんがけはきれいだなあ！みんなも見習えよ』と褒めてくれた。響は、自分の拭き掃除がべつに取り立てて上手なわけじゃないことを知っていたが、そうやって大げさに褒めてくれたおかげで、クラスでも『響は掃除がうまい』ということになり、居場所ができた。

忘れっぽい響が覚えているぐらいなので、よほど嬉しかったのでしょう。しかし、小学校では幸運にもかろうじて受け入れてもらえて、居場所を得ることができましたが、中学校からはどうするんだ、という不安は拭えませんでした。

小学校では、どちらかといえば妻のアプローチ、つまり「それが響くんだから」という扱いをしてもらうことができました。でも、中学校に上がればそうはいかない。男親としての私には、それが不安でした。

話はずいぶん戻りますが、妻がアスペルガー症候群の診断に「ホッとした」と言ったのは、「あなたが〝ふつう〟じゃない生き方をしているから、響くんもそれに影響されているんだ」と、育児を責められてきたことが根底にあります。じつは私も、決して〝ふつう〟で〝順調〟とは言えない生き方をしてきたために、同じようなことを言われたことが少なからずありました。

生き方に疑問を持った若かりし頃

私は、高校を卒業してしばらく、いわゆるフリーターのような感じで転職を繰り返していました。初めて定職に就いたのは22才のときです。地元・桐生の農協に就職して、ガス関係の仕事をしていました。

職場の先輩に「生活に絶対に必要なものだから覚えておいて損はないよ」と助言され、ガス工事の資格を取りました。農協では、集金に始まり、メンテナンスからガス工事まで、すべてをやらせてもらいました。

吸収合併で農協がなくなったのを機に、ガスの資格を活かして、こんどは地元の小さな工務店に転職しました。そこではさらに、電気と水道の資格も取得しました。手に職をつければ、少なくともその分野ではエキスパートとして扱ってもらえる。そういう感覚は悪くないなと思ったのです。

小さい工務店だったので、インフラ関係の工事にとどまらず、現場監督や内装、インテリアのデザイン、果ては営業までもやっていました。仕事を覚えるにつれて忙しさは増し、インフラ関係の仕事ということもあって、休日や夜間に緊急の呼び出しがあればすぐさま駆けつけなくてはならず、当時は酒を飲むこともできませんでした。

これは響が誕生した頃からなのですが、多忙を極めるなかで、稼ぎ方というか、自分の生き方に矛盾を感じ始めました。いっしょに暮らすために家族になったのに、仕事のために家を空けなければならない。せっかく子供が生まれて、いちばん必要とされている時期に、仕事や残業でいっしょにいられない。

当たり前のことなのですが、私にはそれがどうしても受け入れられませんでした。

さらに、たとえば家を建てるということにでもなれば、妻もパートに出なければならなくなります。家族がいっしょに過ごす家を建てるために、家族がバラバラになってしまう。家づくりに携わっていたせいでもあったかもしれませんが、この事実に大きな矛盾を感じたのです。

私は、1分でも多く家族と過ごすためにはどうしたらいいか、と考えるようになりました。「100円のものを買うために100円を稼ぎに行くのではなく、100円のものを自分たちで作ってしまえばいいんじゃないか」という考えに至ったのは、そういう理由からです。

ちりも積もれば、ではないですが、ごく簡単なものであっても、手間さえかければ、家族が長くいられるようになるんじゃないか。当時の私はそう考え、若気の至りと言ってしまえばそうなのかもしれませんが、身の回りの物を自分たちで作るようにしたのです。

服づくりもその延長です。使い捨てではなく、できる限り長く着られるものがほしい。服飾デザインを勉強したわけではありませんから、できるだけシンプルに、だけど自分たちらしい服を手に入れたいと考えました。

突飛なアイディアを実現させる役目

どこで特徴を出そうか、となったときに、「だったら染めちゃえばいいじゃん」と言い始めたのは妻です。どうやって染めるの?と私が聞くと、ちょっと考えた妻は、「そのコーヒーで良くない?」と言いました。確かに私はコーヒーが好きで、作業のあいまには常に淹れて飲んでいたのですが、それで「染める」というのは考えつきませんでした。

妻はいつもそういう感じで、私が思いもつかないような突飛なアイデアを思いつくのですが、経験上、やってみるとあんがい面白くなることが多いのです。

じゃ、やってみるか、とコーヒーで染めてみたのですが、当然はじめからうまく行くわけもなく、洗濯するとすぐに色落ちしてしいました。

でも、あきらめるのはシャクなので、私は営業の仕事の合間をぬって書店に行ったり、妻も主婦仕事のかたわらでいろいろと染色の知識をたくわえ、なんとか成功にこぎつけたのです。

コーヒー染色をきっかけに、有名なハイブランドの色なども研究して、染められる

脱サラし、染色の仕事１本でやっていくことを決めた父・開人。その時期は響が発達障害の診断を受けた直後だ。

色がどんどん増えていきました。仕事から帰った毎夜ごと、私たちは染色と服作りに没頭しました。

お金もなく、趣味や娯楽も他にはありませんでしたが、そうやって自分たちで楽しみを発見して生活を作っていくことが、当時の私たちの生きる糧となっていました。

思えば、妻と出会った頃も、私は彼女の言い出す〝突飛なアイデア〟に面食らってばかりいました。食事に行って会話をはじめると、あれをやりたい、これをやりたい、あそこに行きたいと、なんだか夢のようなことばかりを話すのですが、それがすべて私への要求のように感じ、ずいぶんわがままな人だな、と感じたのを今でも覚えています。

でもそれは私の勘違いで、彼女はただ純粋に「おもしろそう」と思ったことを口に出しているだけだったのです。対する私のほうも「じゃあやってみようか」というタイプで、〝突飛なアイデア〟はどんどん形となっていきました。

妻はいまもときどき「もし、わたしだけだったら、きっとこれで食べて行くことはできなかった」と言いますが、私もきっと妻と出会わなければ、〝ものづくりの好きなサラリーマン〟として生きていたような気がします。

生きる場所を与えたい

「リップル洋品店」が軌道に乗り始めたのを機に、私は工務店を退職し、染色一本でやっていくことになったのですが、家にいて響と接する時間が増えるほど、彼の変わったところがいやでも目につくようになりました。

携帯電話の次は、鉱物に夢中になりました。といっても、鉱物名を覚えるというよりは、形とか手触りとか、なにか感覚的に好きな石をかたっぱしから集めるような感じです。その量は膨大なものとなり、ほとんど家の床が抜けてしまう寸前になっていました。

あるとき、大学教員の知人から「そんなに好きなら僕の鉱物コレクションをあげるよ」という申し出を受けたのですが、あまりにも大量で、さすがに断らざるを得ませんでした（じつは今でもそのことを根に持っているらしく、「あのときの石、もらっておけばよかった」と言ったりします）。

機械式の時計の分解、という時期もありました。時計はいままで、何個壊されたかわかりません。目を離すとぜんぶ分解してしまうので、近くにはなるべく置かないようにしていました。

それにしても、工作が好きで、手先が不器用なわけではないのに、なぜ響には文字が書けないのだろうという疑問が常にあって、私にはどうしても怠けているようにしか見えませんでした。

学校の宿題なども、やろうとはするのです。机に向かってノートを開き、鉛筆を構えるのですが、そこでぴたっと手が止まってしまう。むりやり書かせれば書けなくはないのですが、どうしても枠に収まらない。これはほんとうに不思議でした。

枠が「水に漬けたように滲んで」見えるというのが医師の説明で、赤い線を引いたりすると見えるようになることもあるらしいのですが、そういう手段が通用するのも小学校までです。中学校では、教師に頼んでテスト用紙に赤い線を引いてもらうことなど、望むべくもありません。

「それが響なんだから」という妻と、なんとか生きる場所を与えたい私、そして〝ふつう〟にこだわる響との、試行錯誤の日々がはじまりました。

Chapter. 2

自分の居場所をもとめて

Section. 1

“正しい”中学生になろうとした日々

from 響

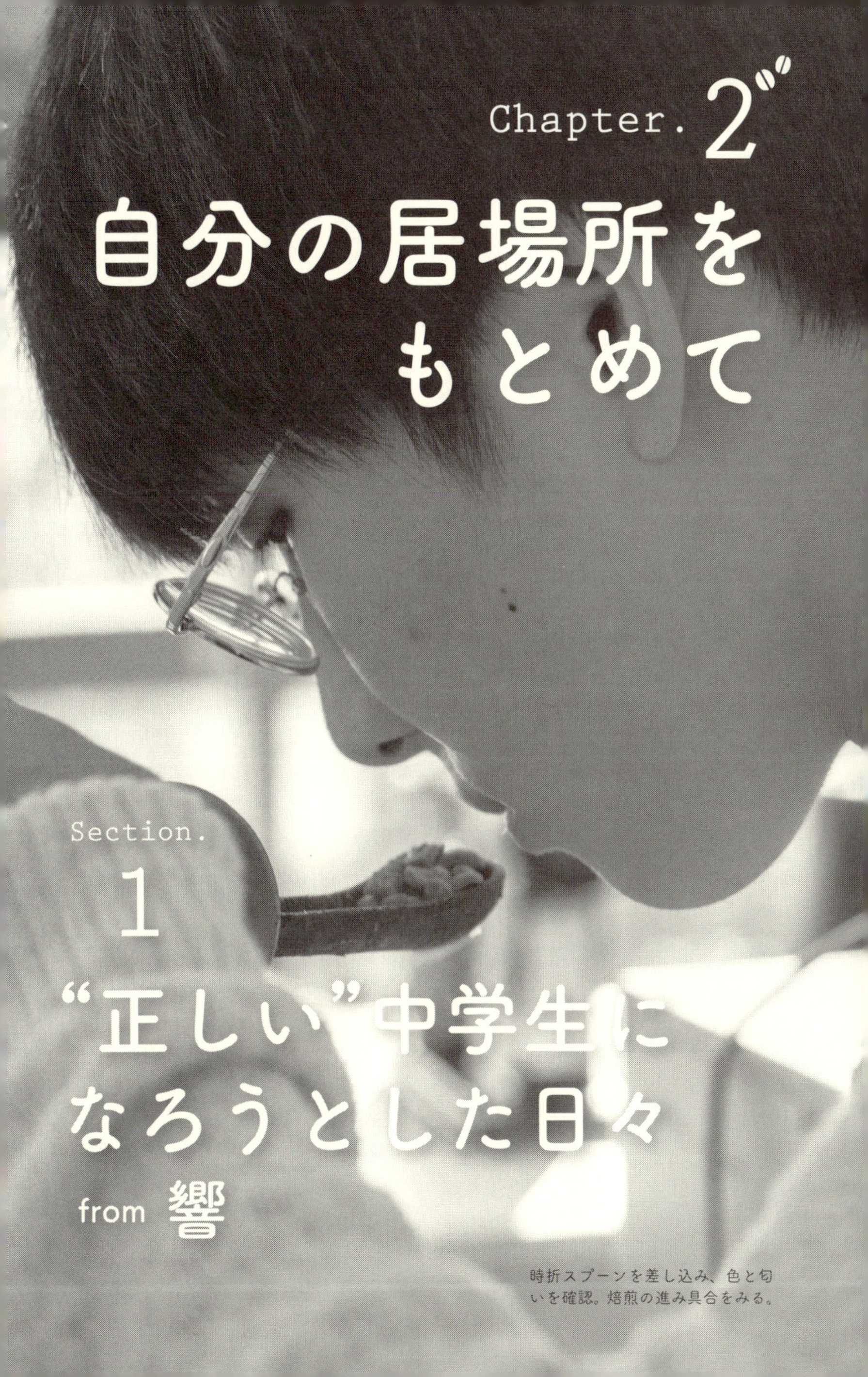

時折スプーンを差し込み、色と匂いを確認。焙煎の進み具合をみる。

なかった。

中学生活がスタート

正しくありたい、と毎日思っていた。そして、中学生の僕は、いつも正しくはなれなかった。

中学校は、小学校と空気がまったく違っていた。なにか、目に見えない〝型（かた）〟がある感じで、入学と同時に生徒たちはその型を敏感に察知し、受け入れ、その上で、型が要求する役柄を演じ切る演技力があることを周囲にアピールしなければならないようだった。

ほとんどのクラスメートたちはそれぞれの役柄をみごとにこなしていて、小学校から知っているはずの人でさえも、身ぶりがガラリと変わっていた。演じるのがあまり得意じゃない人もいたようだったが、それでも、ぼくよりはうまくやっていた。いや、うまくやっていたんだろうと思う。ぼくにはその型が丸っきり見えなかったから想像でしかない。

それにしても、みんなはいったい、だれに型を教わったのだろう。

「勉強」と名付けられた行為があり、先生たちが「科目」別にそのやり方を説明している。形式上は小学校の頃とあまり変わらない。でも、名前は同じでも、求められている水準はちがった。

先生が説明していることはだいたい理解できた。そう、理解はできるのだ。「わかったか?」と聞かれる。うん、わかった。理解はできている。教科書も読める。べつに面白くはないけど。しかし、なんでもっと面白く書いてくれないんだろう。太宰みたいに書いてくれればいいのに。

「板書」ができない

「板書」というのも、ぼくにはうまく理解できなかった。周りを見ると、みんな必死に黒板の内容を書き写している。書き写している姿勢や態度なども採点されると言っていた。

小学校では書いていただろうか。少なくとも、書けと強制された記憶はない。黒板に書いてあることをノートに書き写すルールなんて、どこで習ったのだろう。そんな

中学入学時の響。体格もそうだが、表情
もまだまだ幼い。

の教えてもらったことがあっただろうか。

ぼくも書かなきゃいけない。だけど、字がよく見えない。眼鏡が合っていないわけでもないはずだ。本は読めるのに、なんで黒板の字はよく見えないんだろう。みんなもじつは、見えてないんじゃないのか。見えている演技をしているだけとか。ははは、まさか。見えるから書いてるんだろ。まあ、ぼくは見えてもほとんど書けないんだけど。

チャイムが鳴り、授業が終わる。

みんなができることができない

学校には毎日通う。それが正しい中学生だからだ。クラスメートは休まず通っている。だから、ぼくもそのルールにしたがう。みんなは自転車で行く。でも、ぼくは歩いて通学する。両親やクラスメートは「自転車の方が早いよ」と言っていたけれど、ぼくには自転車で通学するメリットがわからなかった。幸いなことに、学校に歩いて行ってはいけないという決まりはない。

学校に到着すれば、チャイムが鳴るまで座って、授業を聞けばいい。それだけだ、難しいことじゃない。字だって、きっとそのうち自由に書けるようになるはずだ。予感はある。

先生が言うことを、先生に言われたとおりにやる。それが正しい中学生だ。間違うと減点されてしまう。減点されると進学できなくなるから、細心の注意を払わなくてはならない。

ぼくは部活にも入っていた。バドミントン部だ。正しい中学生は部活動をやるものと決まっている。部活内にはランキングがあって、ぼくはつねに最下位だ。ぼくは運動が苦手らしい。自分ではわからないが、動きがギクシャクしていると言われる。そうかな？　頭で考えたとおりに手足を動かしているのだけど。みんな、考えないで動いているのだろうか。そんなことができるものなのかな。

ぼくにはどこか、ほかの人たちと違うところがあると、医師や両親は言う。脳に「動いていない部分」があるとのことだ。そうなのかもしれない。みんなが簡単にできることができないらしいから。

でも、自覚はない。まあ結果としてできてはいないけれど、それはぼくのせいじゃない。なぜかいつも、邪魔が入るせいだ。邪魔がなければきっとできるのに。

字を書くことだってそうだ。なぜか手の角度がおかしくなる。手が気になる。すごく邪魔だ。正しい字を書かなければいけないのに、いつだって手が邪魔をするのだ。運よく正しい角度で手を置くことができた。でも、その正しさは、あっという間に逃げて行ってしまう。おかしいな、さっきまでは正しかったのに。ああ、いつもこうだ。

テストができない

「テスト」が始まる。でも、手は動かない。前はもうちょっとうまく動いた気がするのに、意識するとだめだ。もういちど動かしてみる。正しい方法で動かさなくてはならない。動かしかたはわかっている。たぶん合っているはずだ。ぼくが〝ふつう〟であることを、周囲にアピールしなくてはならない。でも、やっぱり手は動かない。

もういちど、動け、と強く念じる。少し動く。よし、いいぞ。

例の勉強というやつをここに書けば良いんだ。わかってはいる。目の前にあるのは「国語」の「中間テスト」というやつだ。大丈夫。日本語は理解している。だって日本人だし。そう、僕は日本の群馬県の桐生市に住んでいる日本人でいまよりずっと前から日本語を使って生きていて、日本語を話すことができるし鉛筆を持って、いや鉛筆は別に日本人じゃなくても使うんだろうけどどうなんだ？　日本人以外も鉛筆は使うのか？　きっと使うんだろうな。だって別に日本人の発明だとか聞いたことはないしでもこの三菱鉛筆というのはなんだろう。いや鉛筆の話はどうでもいいんだ、いまは国語のテストの時間で第1問の漢字の答えを書かなくちゃいけなくて、漢字ってなんだっけ？　いやわかるよ冗談だよ、漢字くらい知ってるよ、まっすぐ線を引いてここを跳ねるんだけどあれ、この角度で良いんだっけ？　角度までは習ってないなきっと正しい角度があるんだろう、こんど測っておかなきゃだめだな、じゃないとまた×を付けられて、いや×はだめだ消さなきゃいけない、消しゴムで消してそうだここをまっすぐに、あれ長さまでは教えてくれなかったな、こんど定規で計っておかなくちゃ、また×になるぞ、でも漢字のテストで定規はだめだろうな、もしよくてもなんかおかしいよな、だって定規使って漢字書いてる子なんていないし、あれどこに書くんだっけ、枠がみつからないけど、裏に書けば△ぐらいはもらえるかもしれない、裏に書けたぞ、いい調子だ、次の問題に。

「よし、やめ」

テストが終了する。

宿題ができない

中学校でも「宿題」が出される。小学校と同じだ。

でも、内容はまったく違う。何が違うかと言えば、出される量と、やりこなすのに必要な真剣さが違う。

小学校の頃の宿題は、とりあえず書いてあればよかった。だから、できるときもできないときもあったけれど、何かを書いて提出した。先生に見せれば、ハンコが押されて、おしまい。よく頑張ったね！と言ってもらえる。

でも、中学校ではそうじゃない。まじめに、正しく、完璧に。勉強を理解し、真剣に取り組んでいることを積極的にアピールしなくてはならない。

そうしないと、高校に行けなくなる。そういうものだ。宇宙開闢以来、そう決まっている。理由なんて考えてはだめだ。高校に行く理由なんて考えちゃいけない。それが正しい中学生だからだ。みんな行く、ぼくも行く、それだけ。

From 響

家に帰る。宿題をやらなければならない。そう、やれるんだよぼくは。机に向かう。手を見る。爪が伸びてるな。弟たちが騒いでいてうるさい。集中しなくては。

…

…

…

…

…

…

「ひーくん、ノート出てないじゃん」

父だ。

「ノートと鉛筆と教科書出さないと、宿題できないよね？」

正しい。父はいつも、圧倒的に正しい。ノートと鉛筆と教科書を出す。わかっている。正確に、美しく書く所存です。

「今日じゅうに終わりそうかい？」

うん、終わるよ
「ほんとに？」

もちろんだよ、終わったらどうする？

「どうにもしないけど」

だよね
「とりあえず、やっちゃって」

わかった
……

……

……

……

「ひーくん、ご飯だけど」

えっ、もう？

「なんにも書いてないじゃん」

そんなに時間が経ってるとは思わなかったんだよ

From 響

食事をして、ふたたび机に向かう。

手が動かないまま、夜が更ける。

一日が永遠に続けばいいのに、と思う。明日が来るからテストが来るんだし。死のうかな、とも思う。でも考えるだけでやめておく。だって苦しそうだし。苦しいのとか痛いのはいやだ。そんな勇気も、そして…元気もない。

でもこれ、いつまで続くのかな。人間って何才まで生きるんだっけ。あと70年ぐらい？

眠らなければ今日がずっと続いたりしないかな。70年眠らないとか、どうかな。起きたきり老人か。ちょっとかっこいいかも。ああだめだ、なんか眠くなってきた気がする。これじゃふつう老人にしかなれないな。いや、それもむりだ。だってぼくは、

朝になり、目が覚める。眠いけど、学校に行かなくてはならない。それが正しい中学生だから。宿題はできなかったが、気分は昨夜ほど悪くない。いやな記憶もほとん

ど消えている。気力を奮い立たせる。大丈夫だ。

もうすぐ、夏休みが来る。

学校に行くということ

夏休みには、いつも通っている病院に行った。医師と母が期末テストの成績を褒めてくれた。120人中110番。「頑張ったね！」と言ってくれた。

夏休みの宿題も、結局はまったくできなかった。でも、両親が代わりにやってくれた。ぼくは〝ふつう〟じゃないから大目に見てくれることになったらしい。

部活もやめた。自主練しなきゃ上手くならないぞ、と父はいつも言っていた。でも、やらなかった。自主練は決まりじゃないから。それは「自主的に」やるように望まれているものだけど、それを自主的には「やりたい」と思えなかった。自主的にやりたいと思わない自主練をやるのは、正しくない。

それでも部活には通い続けたが、バドミントンはぼくの体力を消耗させた。部活と、そのころあまり眠れなかったせいで、2回車にひかれかけた。悔しいけど、やめるしかない。

板書ができないことへの対策も話し合われた。仲の良い友達にノートを借りる、という決定が下された。黒板は見えなくても、ノートなら見えるだろう、だから、新学期からはそれを書き写そう、というのが、両親と先生の一致した意見だった。

友達は快く了承してくれたけど、ぼくは、ああそうか、ついに友達の手までも借りる必要が出てきたんだな、と思った。

友達はいつまで僕を介助してくれるだろう。いやだな、迷惑をかけたくない。友達にだってそのうち、受験がやってくるのに。

2学期が始まって間もない、その日は朝から雨だった。普段は合羽を着て歩いて通学するのだが、その日は遅刻しそうだったから父が自動車で送ってくれることになった。自動車による通学は少し楽で助かる。

学校では最大限の集中力を発揮しなくてはならないから、できるかぎり体力を温存させておくのがベストだ。雨は体力を消耗させる。

しかし、親族による自動車送迎は、中学生にとって決して推奨されるべき方法ではない。特別な事情があるときにのみ許される最終手段と認識すべきだ。正しくない方法を取れば、減点されることも覚悟せねばなるまい。減点は我々の高校進学を困難にするだろう。もういちど、気を引き締める。

中学校までの通学路の最後の交差点にさしかかった。信号は赤、自動車は白線をちょっと過ぎて停止する。呼吸を整えて、鼓動を抑える。学校では、できるかぎりふつうにふるまわなくてはならない。大丈夫だ、今日も戦えるはずだ。

ミラー越しの父と目が合った。

「……ひーくん、学校、もう無理なんじゃない？　今日ぐらい、休んだら？」

……、そういう選択肢もあったのか。

From 響

そのとき初めて、学校には、病気以外でも休んでも良いというルールがあることを知った。

わかった、と答えたような気がする。

教育研究所

その後、何回か学校に通い、それで行くのをやめた。やめたというより、正確には、体が拒否してしまっていた。

でも、行き場がないのも同じくらい苦痛だった。あまりにも正しくない。中学生は、中学校に行くのが正しい姿なのに、ぼくは、ちょうどそのころ引っ越したばかりの家にいる。何もすることがない。何をして良いのかも良くわからない。

そこで、母の友人からアドバイスを受け、秋頃からは「教育研究所」というところに通うことになった。と言っても、ぼくが教育を研究するわけではない。教育を研究している人たち、おもに退職した先生などがいて、勉強を教えてくれるという。小学校でお世話になったK先生も来ていると聞いて、少し安心した。

「研究所」には、週5回通うこともできるが、行きたいときに行くのでいい。自分の勉強したい科目の教科書を持っていって、時間割を組み、先生に1対1で勉強を教えてもらう。行くだけでも出席日数に数えてもらえるから、例えば5分でも座っていれば、1日出席になる。

でもぼくは、正しい中学生として、朝から通うことにしていた。先生の言いつけをきちんと守り、なんとか文字を書く。ぐにゃぐにゃに曲がっていても、とりあえず書く。先生は「きみはやればできるんだから」と言う。そう、やればできるんだよ。

1日の終わりには、きょう何をやったのか日誌に記入する。あたまがつかれているから、ひらがなでゆるしてほしい。きょうはべんきょうをがんばりました、まる。

研究所に関しては、他にあまり言うこともない。学校は学校だった、ということだけ。正直に言うと、あまり良く覚えていない。

行かない、と決めたときのことは覚えている。もういいや、と思った。行きたいと

From 響

きに行けばいいなら、行きたくないときには行かなくていいんだ。ぼくは学校に向いていない。これでいい。

半年通って、ぼくは研究所にも行かなくなった。

Section. 2

学校という社会の内と外

from 母

こちらは現在メインで使用している5キロのマシン。手回しと同じく頻繁に豆の状態をチェック。

自身の経験をふまえて

1日でも休んでしまえば、響は二度と学校に行けなくなる。そう主張したのはわたしでした。

わたしにも、ひどい嫌がらせを受けた中学時代を、休まずに乗り切った経験がありました。

「だから、ひーくんもきっと乗り切ることができる。高校にさえ行ってしまえば、ずっと楽になるから、それまでがんばろう」

自分の経験に照らし合わせて、響にそう言い聞かせていました。

でもこの問題は、実際のところ、わたしが受けていたいじめより手ごわい相手でした。もちろん、いじめが深刻な問題であることを否定するつもりはありません。そうではなく、アスペルガー症候群という、一生抱えて生きていくしかない、本人にもうまく説明ができない「内面の障害」は、あまりにも伝達が困難で、教育現場に受け入れてもらうことはおろか、理解してもらう方法すら見つけられず、わたしたち家族は途方にくれていたのです。

けっきょく、響をだましだましにでも通学させるという方法しか思いつきませんでした。

親が努力を放棄している、と言われれば、そうかもしれません。進学させる以外に、よい未来を思い描くことができなかったのです。確かにそれが最もイージーな解決策でしたし、響もそれを望んでいるものだと思っていました。

響は毎朝、どんなに疲れていても、休まず学校に向かいました。わたしたちの気持ちを推しはかり、世間で期待されている「ふつうの中学生」をやり遂げるため、果てしない努力をしながら、通い続けました。

発達障害を本人に伝える

響に彼の発達障害のことをはじめて明かしたのは、中学校に入学して1、2か月経った頃です。

大人に守られていた小学生時代とちがい、中学校ではいやでも周囲との違いを思い知らされます。板書の書き写しがまったくできず、それがまだ小学校に上がったばかりの弟にも簡単にできることを知ってしまったため、伏せておくことも難しくなっていました。

医師にも相談しましたが「そろそろ大丈夫でしょう」とゴーサインが出たので、ある日、響に伝えました。

あなたには「アスペルガー症候群」という、脳の機能が一部うまく働かない障害があって、そのせいで、他の人には簡単なことでも、できない場合がある。板書の書き写しが難しいのも、それが理由。でもこれは、たとえば足の不自由な人が上手に歩けないのとおなじことだから、悩んだり、ましてや恥ずかしがったりする必要はない。きっとあなたにも、ぴったりとあった「つえ」があるはずだから、あせらず一緒に探していきましょう。

告知のタイミングが正しかったのか、いまでもわかりません。でもそのとき、わた

したちが意図していたのとは違う方向に、響の気持ちは向いてしまったようです。響は、

「ぼくは、『障害』なんて深刻なものじゃない」

と、わたしたちに見せつける努力を始めたのです。

〝できない〟理由

運動の苦手な響が、わざわざ最もハードなバドミントン部を選んで入部したのも、それが理由でした。自分が定型発達の中学1年生となんら変わりがないことを証明したいという、気負いがあってのことだったのでしょう。

でも、皮肉なことに、響の〝できなさ〟は以前にも増して目につくようになっていきました。

「時間感覚の欠如」もそのひとつです。

テストの点数があまりにも悪いので、解答用紙を見せてもらいました。すると、はじめの数問にだけ手を付けた形跡があって、あとは真っ白なのです。書くのが遅く、

枠内に字が収まらないという響の障害を考えあわせても、答えようとした跡すらないのが気になりました。

そこで、ためしに家でテスト問題を解かせてみると、響はわからない問題に何分でも時間をかけてしまうようでした。他に解けそうな問題もあるのに、後回しにすることを知りません。できる問題からやっていいんだよ、と教えましたが、一度考え始めるとそこに集中してしまう癖は直りませんでした。


また、「異常な忘れっぽさ」もあります。これは、記憶力が悪いのとも少し違います。響は、直前に伝えたこと、たとえば「お茶碗は静かにテーブルに置いてね」とお願いしたことでも一瞬で忘れ、直後に同じ失敗を何度もくりかえしてしまうことがあります。

でも同時に、10年前の記憶を、目の前で見ているかのようにありありと思い出したりもするのです。あっ、それ、○年前の××で着ていたワンピースだね！とか、そんなことを言うようなことがしばしばあります。

これはとても不思議なことでした。通院の際、医師に話すと、

「記憶はふつう、時系列で脳に保管されているんです。さっきはこうだった、昨日はこうだった、1週間前は、1年前は……、みたいに。でも響くんの記憶は、例えるなら『〃過去〃というラベルの貼ってある大きな入れ物』のような感じで、その中に、いま聞いたことも、10年前に見たことも、ぜんぶごちゃ混ぜに放り込まれているんです。お母さん、10年分がごちゃ混ぜにシャッフルされた膨大な記憶の中から、10秒前に聞いたことだけをサッと取り出せますか?」

との説明を受けました。なるほどな、と思いました。

字が書けない…が一番大変

学校で響をいちばん困らせていたのは「字が書けないこと」です。これは、正確に言えば「筆記に時間がかかる」ことと「文字の列がぐにゃぐにゃに曲がってしまう」こと、加えて、「黒板の文字がかすれて見える」ことと「決められた枠の外に字を書いてしまう」こと、これらが組み合わされた問題です。

響の場合、ひとつひとつの症状すべてに異なる原因があるようです。時間がかかるのは、「はねの角度」や「線の長さ」などをあいまいにできないことと「周囲の苦手な音が聞こえすぎて気がとられてしまう」ことが原因ですし、文字が蛇行するのは「ひとつの文字に集中しすぎてしまう」ことが原因です。

黒板と〝枠〟については、黒板の文字や枠が「水に漬けた感じ」に見えると言います。枠を赤いマーカーでなぞったりすると急にはっきり見えることもあるらしいのですが、いつもそうなるとは限らないようで、効果的な対策がなかなか見つかりませんでした。

挙げ出すとキリがないのですが、こういうひとつひとつの障害が、中学校という評価システムの中では「まじめではない」と捉えられがちです。さらに都合が悪いことに、響は、会話の受け答えがすごく流暢なのです。話せすぎるのが問題、というのもおかしな話なのですが、大人びた言い回しなどを使いこなし、ちょっと丁寧すぎるぐらいの雰囲気があるので、結論として「親の教育に問題がある」ということになりがちなのです。先生や他の親御さんに

「こんなに『良い子』なのに勉強ができないのは、親がしっかりしていないからなの

ではないか」

と言われると、言葉につまってしまいます。

宿題には親子で悪戦苦闘

テストの成績が悪いのはともかく、宿題にすらまったく手つかずのままでは、親の怠慢が疑われてもしかたがありません。

先生の立場からすると、響だけを特別扱いするわけにもいきません。また、いまは、毎日の「努力」が進学の評定で重要視されます。テストの成績が悪い響は特に、宿題を1ページでも1行でも提出することが求められるのです。

それはその通りだと思いますし、弁解の余地がありません。だから毎晩、大量に出された宿題を片付けるために、親子で悪戦苦闘していました。

最初は、響の自主性に任せていました。勉強道具一式が正しくセットされているのを確認して、わたしは部屋を出ます。

しばらくして見に行くのですが、1文字も書いてありません。鉛筆をかまえたま

From 母

ま、懸命な表情で白紙のノートを前に固まっている響の姿はまるで「宿題をする中学生男子」という題名の彫刻のようです。

でも、そんな悠長なことは言っていられないので、今度は隣に座り、手を持って書かせます。1文字1文字をなんとか書かせていると、朝方までかかっても終わらないことがしばしばありました。

響本人は、わたしがそこまで宿題を強制することについて、文句ひとつ言いませんでした。わたしが中学生だったらもたないだろうな、とうすうすは思っていましたが、響は、親のひいき目を差し引いても、過剰なほど「まじめ」なのです。わたしのほうが、そこに甘えていたのかもしれません。

ある日、毎日の宿題や部活動に疲れたのでしょう、響は交通事故にあってしまいました。

疲れがピークに達する

ふだんから空間把握が苦手で、道路の真ん中をまっすぐ歩くことができない響ですが、その日は歩道のはじっこで、車道側に足をはみ出してぼんやり立っていたらしいのです。

あわてて家まで乗せてきてくれた運転手さんは「まさかそんなところに立っているとは気付かず、左折の時に当たってしまいました」と、本当に申し訳なさそうに言っていました。

さいわい大きなケガはなかったのですが、ちょっと無理をさせ過ぎているな、と感じ始めていました。でも、〝1日たりとも休ませない〟と決めていたわたしは、同情心を抑え、変わらず「宿題をやりなさい」と、響を毎日、机に向かわせていました。

医師も「アスペルガーには宿題のできない子が多い」と言っていて、そのことを学校の先生に直接伝えていただいたりしたのですが、それで宿題が減るわけではありません。また、響自身もえこひいきを望まなかったので、負担は日に日に増すばかりでした。

1学期の最後のほうだったと記憶していますが、ある夜、物音が気になって玄関の方に行ってみると、響が廊下を無言で歩き回っているのです。目は開いているのに、「ひーくん、ひーくん」と呼びかけても、返事をしません。

どうやら夢遊病のような感じになっていたようで、ほんとうはそういうとき、声をかけてはいけないらしいのですが、わたしは心配のあまり「大丈夫？　お部屋に帰って寝た方がいいよ？」などと、ずっと話しかけてしまいました。

それにしても、そんな状態まで追い詰めていることを見過ごし、なだめすかしてでも学校に行かせようとしていたのですから、わたしもかなり追い詰められ、異常な精神状態になっていたのかもしれません。

学校に行かなくなってから

2学期が始まって間もない雨の朝、夫が響を連れて戻ってきたときには、ホッとしたのと同時に、心から感謝しました。

1日たりとも休ませない、と強く決意していたわたしには、学校を休ませるという考えなど思いつくこともなかったと思います。そして、いまにして思えば、あれが最後のチャンスだったのかもしれません。続けて通わせていたら、響の心はきっと壊れていました。

そのあと響は数回学校に行きましたが、あきらめがついたらしく、それ以上行くことはありませんでした。わたしの予想は半分当たり、1度休んでからは緊張の糸が完全に切れてしまったようです。

でも、しばらく休んで体調が戻り始めると、今度は行き場のなさを持て余すようになっていきました。読書をしたり、買い与えたジャンクのラジオを分解して過ごしていましたが、ときおり「ぼく、これからどうするんだろう」などと呟き、〃ふつう〃じゃない生活に、あせりを募らせるばかりのようでした。

そこで、教師の友人に相談したところ、「教育研究所」の存在を教えてくれました。そこには不登校の生徒が通う教室があり、自分が行きたいときに行って、各自で決めた時間割に沿ったマンツーマンの指導を受けられるとのことでした。

自宅からも近く、さらに幸運なことに、小学校のときお世話になったK先生も勤めていらっしゃるとうかがいました。響もふたたびお目にかかれるのを嬉しそうにしていました。

最初は、うまくいっているようでした。はりきって通い、朝から15時過ぎまで、しっかりと勉強をしているようでした。でも、日が経つにつれ、少しずつ、やっぱり元気がなくなってきて、通う回数が減り始めてきたのです。

教育研究所では、月に1度面談があります。主に退職された先生が指導に当たってるのですが、響を担当して下さっている先生が仰いました。

「響くんのような子は、昔からちらほらいましたよ。でもね、みんな、なんとか頑張って学校に通っていました。それに響くん自身は、中学校に通いたいんだと思うんです。ここに通っている他の子たちと違って、響くんには、いじめとか、ネグレクト（育児放棄）とかね、巨大建造物恐怖症とか、そういう込み入った問題はありませんよね。頭だって悪くありません。だったらやっぱり、ご家庭でね、きちんと指導してあげれば中学校にも戻れるし、高校に進学できる学力だってね、かならず身に付きますよ」

こういうことなんだな、と思いました。わたしたちがいま抱えている問題はこういうことだったんだよな、と再認識しました。

昔から、今で言う発達障害に該当する子供がいたのか、わたしにはわかりません。教育に対する批判をするつもりも一切ありません。

ただ、説明が難しい。これに尽きるのです。

たしかにわたしたち夫婦は家で仕事をしていて、育児放棄とは無縁です。響は、多少からかわれることはあっても、いじめられてはいない。たしかにそうです。大きな建物だって、むしろ好きなほうだと思います。たしかにそうなのです。でも、そうじゃないのです。甘え、と言ってしまえるのならば簡単かもしれない。でも、それで割り切れないところがあるのを……上手く伝えられないのです。

さらに、先生は続けて、「これをご覧になって下さい」と1冊の「日誌」を見せて下さいました。

「毎日書いてもらってる日誌なんですけどね。響くん、ぜんぶひらがなで書いてるんです。算数もね、小学校低学年レベルができないんですよ。ご家庭で教えてますか？もう少しがんばってみてはいかがですか？　そうしたらきっと、中学校の勉強にもね、ついていけるはずですよ」

家に戻ったわたしたちは、念のため、確認のために、響に漢字を書かせてみます。3年生、4年生、5年生、6年生。ぜんぶ書けるのです。ほんとうに遅いけれど、字も汚いけれど、ぜんぶ書けるのです。

響に聞きます。ねえ、なんでひらがなで書くの？

「研究所のさいごのほう、疲れちゃってさ。漢字が思い出せなくなるんだよ」

生きる手段を一緒に探そう

わたしは毎月研究所に通い、先生たちに響の障害のことをわかってもらおうと努めました。いろいろな本や資料などをもちこみ、発達障害やアスペルガー症候群のことを説明したのです。

「黒板の文字が水に漬けたみたいに、水中で読書するみたいになっちゃうらしいんです。だから、中学校で授業を受けるのが難しいんです」

「でも、教科書は読めてますよ？　練習しだいじゃないですか？」

先生たちは本当に一牛懸命やって下さっています。それはほんとうに、痛いほどわかりました。今でも感謝しています。そして響自身も、漢字を忘れてしまうほど勉強をがんばろうとしている。

みな同じ方向を目指しているはずなのに、歯車がうまく噛み合わない。


ようやくわたしは悟りました。このまま、たとえば高校へ行けたとしても、事態は深刻になる一方でしょう。いまは大人がかろうじてサポートできますが、社会に出れば、そうは行かない。夫もつねづね言っていましたが、けっきょくこれは問題の先送りに過ぎないということが、身に染みてわかってきました。

響はしだいに、研究所を敬遠するようになっていきました。理由を尋ねても教えてくれませんでした。もしかすると、ただ疲れ切ったというだけで、明確な理由などなかったのかもしれません。半年に満たないぐらい通い、それ以降は行くのをやめてしまいました。

わたしは、「ここまできたら、学校や教育に頼るのではなく、他の生きる手段を一緒にさがし、自分で選ばせるしかないのだろう」と考え始めていました。

積極的に何かをあきらめるということもあるのだな、と思いました。

焙煎が終わると、焼きが進みすぎないように豆を冷やす作業が必要。

Section.
3

新しい道をともに切り拓《ひら》く

from 父

明確な答えが見つからない

1学期をかろうじて乗り切った響でしたが、深夜の徘徊や頻尿など、体に変調をきたし始めていました。明らかにストレスが原因でした。

響がもし不良少年だったら、と空想することがありました。もしそうだったなら、私がやるべきことは初めから明確だったように思います。古典的なカミナリ親父となって、ヤンキー息子の響をひっぱたき「勉強しろ」と怒鳴っていたでしょう。しかし、本来なら喜ぶべきことなのでしょうが、響は哀しいほどまじめでした。毎日まじめに学校に通い、夜遅くまで机に向かい続けました。なのに勉強ができない。したくても、思うように手が動かせない。原因もよくわからず、治療もできず、周囲にも理解してもらえない。

響と同じく、私たち夫婦も、自分たちの無力さを感じていました。しばしば口論となりながら、響が学校に通い続けるために何ができるだろう、と考え続けました。でも、良い答えは見つかりませんでした。

父親としてできること

私は妻にくらべて、響の障害を理解していませんでした。というよりも、なるべく理解を示さないようにさえしていました。妻が「温かい家庭」の側なら、私は「冷たい現実」を見せなくてはならないと考えていたからです。

ひーくんさあ、宿題やるっていったじゃん、なんで一行も書いてないの？
ひーくん、なんでバドミントン練習しないの？　素振りぐらいしたら？
ひーくん、時計みた？　ボーッとしてたら遅刻するよ？
ひーくん、言われたことは、すぐにやろうよ
ひーくん、…
ひーくん、…

心を鬼にして、と言うと大げさですが、気がついたことはなるべくすぐ、その場で指摘するようにしていました。

驚くほど忘れっぽい子なので、だいたいいつも同じ小言を言っていたような気がします。学校生活に適応させたい気持ちのあまり、ときには辛辣な言い方もしました。

From 父

学校を休ませたくない妻が「ほめてなだめる」方針だったので、男親の私はバランスを取る必要があると考えていたのです。

返ってきた期末テストの成績を、妻はむりやりにでも褒めます。

すごいよひーくん！　まだ後ろに10人もいるじゃん！

でも私は、そこまでしてほめる必要があるのかな、と思っていました。


ほんとうにこれでいいのだろうか？

響の子供時代にも感じていた妻への違和感が、ふたたび湧き上がってきました。

息子の表情を見て決意

夏休みの最終日には、夫婦で響の宿題を片付けました。同じく発達障害児を育てている知人から「夏休みの宿題は、提出するだけで必ずプラスに評価されるので、進学を考えるなら、親が積極的に手を貸すべきだ」というアドバイスをもらったからです。妻が漢字のドリルを担当して、私はポスターの画を描きました。

……ほんとうに、これでいいのか。

こんなこと、いつまで続けられるんだろう。

2学期が始まって間もない頃でした。雨が降っていました。響を乗せ、車で学校に向かう最後の交差点で、ルームミラーに写った響の表情を見た私は、ほとんど発作的に

「ひーくん、今日ぐらいはさ、学校休んでも良いんじゃない？」

と口走っていました。

不謹慎かもしれませんが、大げさではなく、車の中の響は前線に向かう少年兵のような〝決死の覚悟〟をうかがわせる目をしていました。

我が子に、というより、12才の子供にこんな思いを強いていたのか。中学校って、響にとって、ここまで自分を奮い立たせなきゃ通うことのできない場所だったのか。そのとき、すべてを得心しました。

このままじゃ壊れる、ひょっとすると、もう壊れているかもしれない。

響がそのとき、なんと答えたのか覚えていません。私の心はすでに決まっていまし

From 父

た。車をUターンさせて、家へと引き返しました。

学校という社会

「ひーくんは他人の気持ちが理解できない」などと、無反省に言い続けてきた自分を恥ずかしく思いました。1学期のあいだ、響の心の状態を無視していたのは、むしろ私のほうでした。

本やネットの中の、活字で書かれた発達障害児たちを見て、響の心を知ったような気になっていました。いや、それどころじゃない。この追い詰められた子を、私はさらに、家庭ですら追い込んでいたのです。

……いったい俺は、誰を見てきたんだ？

玄関に出てきた妻は、私を見て微かに、はっとした表情を見せました。

私が、ただいま、と言うと「うん」と頷き、あらためて響の方へ向き直ると、

「おかえりなさい」

と言いました。

きっと怒られるんだろうな、と思っていた私は、拍子抜けしました。響も同じ気持ちだったと思います。

その後、響は数回だけ学校に通いましたが、それきりになりました。妻もそれ以上、何も言いませんでした。

もちろん、学校教育は価値のあるものです。響はいまも「行けるものなら行きたかったよ」と言うこともあります。

私はどちらかといえば学校生活を要領よくこなすほうでしたから、学校なんてたかがしれたものだ、と軽く考えていました。でもそれは、けっきょくのところ、自分の知っている〝中学校の印象〟を押しつけているにすぎませんでした。

そう考えると、楽観的な妻が、響の通学に関してだけはあれだけ強硬路線に突っ走ってしまったことにも納得がいきます。

「1日でも休んだら絶対に行けなくなる」と、彼女はくりかえし言っていました。

彼女が中学生のときに受けたいじめの原因は、「幼馴染みの人気者の男子と仲良くしていたから」という、大人になったいまでこそ笑い話で片付けられる〝人間関係のもつれ〟にすぎません。しかし、家と学校だけが生活圏である中学時代の彼女にとっては、地獄そのものに感じられたのでしょう。その経験が、妻をかたくなにしていたのだと思います。

学校復帰のための場所

帰宅の日から、響は少しずつ安定し、ストレス症状も改善されました。もう宿題はないのです。でも、どうにも落ち着かないようすでした。

やはり私とちがい、根っからのまじめ人間なのだと思います。私が響の年齢だったなら、「よっしゃー！　これで遊びまくれるぞ！」と大喜びしたでしょう。でもそのころの響は、徹底的に〝ふつう〟を意識していました。「ふつうの中学生なら、学校に通っている時間だ」と妙なあせりを感じていたのです。

いまの家に引っ越して来たばかりだったせいもあるかもしれません。私なら、なんだかんだと理由を付けて探検したり、その辺をブラついたりするだろうと思うのですが、響は慣れない場所が苦手でした。家に閉じこもって小説を読んだり、電子工作をしたりしていましたが、心から楽しんでいるようには見えませんでした。

しばらくして、公立の「教育研究所」の中にある、不登校児童のための教室に通うことになりました。高校進学の希望を完全に捨ててはいませんでしたので、5分でも通えば出席日数に数えてもらえるというその場所に、私たちは一縷の望みを託しました。もちろん、宿題もありません。

しかし、通えたのは半年弱でした。響は、ほんとうに突然、ふっつりと行かなくなりました。

行かなくなった理由を響は特に話そうとしませんが、推察すると、その教室が「学校に戻るための一時的な場所」だったこともあるのではないかと思います。もちろん、強制はされないのです。でも雰囲気として「学校に行くのが正しい」というメッセージを響は受け取ってしまったように思います。

あれほどのトラウマを負った響が自主的に、半年も通えたのですから、教育機関として非常に優れた場所なのは疑いようがありません。先生たちも親身に接して下さり、響の発達障害を理解しようと懸命に努力して下さいました。そのことに対して、私たちは感謝のしようもありません。ただ、すでに学校に「行かない」と決めてしまっていた響にとって、学校復帰を意識させられてしまうことは、いささか重荷に感じられたのかもしれません。

新しい進路を見つける

「もう行かない」と言う響を、これ以上、中等教育に向かわせる気持ちは消え去りました。ここからは、自分たちで新ルートを切り拓いていくしかないわけです。

しかし、あの雨の日、連れて帰ってきたのが私である以上、響の進路を見つけるのも私の責任だと強く感じていました。放っておけば、響はまた部屋で落ち着かない気持ちを持てあまし続けるだけです。

そこでまず、私の仕事経験から連想した、響がこれから就くことになるであろう仕事の現場を見せて回ることにしました。

新聞販売店にうかがって新聞配達の現場を拝見させていただいたり、交通誘導員の方と同じ条件で、父子いっしょに一日じゅう、外に立ってみたりもしました。

中でも、響に〝肉体労働〟の現場の全貌をみっちりと教え込んでくれたのは、妻の弟です。

建築基礎の会社を経営している彼は、中卒から身を起こした（妻の表現を借りれば「泥水をすするような」）苦労の経験をもとに、これから響がたどることになるかもしれない人生のシミュレーションを詳細に語ってくれました。

さらに、現場の仕事も体験させてくれたのです。大きな角材をいっしょに運びながら、「いつでもこいよ！」と温かいエールをもらったとき、響はにっこり笑いながら青ざめていたように思います。

染色は向いている？

実を言えば、私の仕事である染色を手伝わせることは、つねに念頭にありました。しかし、以前に勧めたときには、どうにも響は気乗りがしない、というより、興味が持てないような感じを見せていました。

それも当然だとは思います。染色は、できあがる製品の華やかなイメージとは裏腹に、ハードな肉体労働が作業の大半を占めます。

火を使う作業場の中は蒸し暑く、染料のタンクも、水が入った鍋もひじょうに重い。しかも、9時間近く同じ作業をルーティンで繰り返し続けます。それを毎日間近で見ている響が尻込みするのも無理はありません。

でも、ルーティンだからこそ、響には向いていると考えていました。染色には学歴も関係ありませんし、黙々と作業をすればいいだけなので、他人と接触する必要もほぼありません。

工作などは好きなようですし、写真や絵を見るのも好きなので、色彩感覚も悪くない。これはけっこう向いてるんだろうな、という予感がありました。一度覚えてしまえば「手に職」がつきますし、なにしろ家業ですから、私さえ根気よく教え込めば、いつかはものになるんじゃないか、と思ったのです。

はじめは敬遠していた響の心にも、ほかの仕事をたくさん見たことで変化が生まれたようです。私がことあるごとに仕向けたせいもあるでしょうが、ある日の夕飯どき、響はみずから「染色をやらせて下さい」と申し出てきました。私は内心かなりうれしかったのですが、ん、いいよ、と軽く答えておきました。

響にしてみれば、家で父さんとやる方がまだマシかな、というのが本音だったのだろうとは思います。

Chapter. 3
家族で見つけた
ぼくの“つえ”

豆の粗熱が取れたら焙煎は終了。ひと粒ひと粒の艶が美しい。

Section. 1

自分らしく どう生きていくか

from 響

リアルな社会見学

居場所がなくなってしまった。

父も母も、はっきりとは言わないけれど、内心ぼくを邪魔だと思っているような気がしてしまう。少なくともぼくにとっては、ぼく自身があまりにも邪魔だった。

家でなにもすることがないぼくを心配して、母はときどき、ラジオとかデジカメを買ってきてくれた。といっても、壊れてるやつだ。

ぼくと似ている。でも、こいつのほうがぼくよりましだ。こいつは、壊れる前は人の役に立っていた。ぼくは役に立たないし、立ったこともない。ドライバーを使って分解してみる。どこが壊れているのかわかれば、ぼくの壊れたところもわかるかもしれない。まあけっきょく、いつもわからないままだ。

父が、社会見学に連れて行ってくれた。職業のジャンルが偏っている気がするけど、気にしない。学校で行った社会科見学よりはずっとましだ。あれはほんとうに苦痛だった。ふだんの授業なら、しばらく放っておいてもらえるけど、課外授業ではクラスメートとひっきりなしに会話をしなくてはならない。

えっ、だれ？ テレビの人？ ごめん、わからない。チョッパー？ 外国の人？ へえ、マンガの人なんだ。えっ、人じゃない？

交通誘導員、という仕事があるのを知った。ピッ、ピッと笛を吹き、赤い棒を振って、自動車を右へ左へと誘導する。自分がやっている姿を想像してみる。字を書く必要はなさそうな気がする。でも、車にひかれてしまうぼくにできるのだろうか。

建築会社の社長をしている伯父さんにも会いに行ってきた。伯父さんは優しい。そして力持ちだ。ぼくが動かすこともできない材木を、ひとりで何本も担いで歩く。ぼくにもやってみろという。ぼくが苦労していると、手を貸してくれて「響、大丈夫だよ」と耳元でささやく。

「うちにこいよ。おまえは姉ちゃんに似て頭がいいからな。俺の右腕になってくれよ」

（木の１本もまともに持てないぼくが？）

なんて言っていいかわからなかったから、取りあえず笑っておいた。

家業を手伝う

両親の店を手伝うことも考えてみた。でもぼくに何ができるだろう。人と目を合わせるのは苦手だ。いらっしゃいませ、と挨拶したあと、どうしたらいいかわからない。知ってる人なら大丈夫なんだけど、店には知らない人もたくさんくる。計算も苦手だし、伝票も書けない。

商品の検品もやらせてもらった。靴下のできあがりを点検する仕事だ。よし、これはできそう。ホツレがないか、縫い目をひとつずつ、細心の注意を払ってチェックする。失敗は許されない。

……
……
……
……

…………

…………

…………

…………

…………


「ひーくん、何足できた？」

父が来た。

えっと、5足できました。完璧です。

「……8時間で？」

はい。

「その靴下、いくらで売るか知ってるかい？」

わかんない。です。

「ひーくん雇ったら、うち、赤字になっちゃうなぁ」

1日でクビになった。

From 響

家事にも挑戦

母に、家事を任された。

朝食の食器を下げ、洗い物をする。汚れた食器がみるみるうちにきれいになっていく。楽しい。うん、向いているかもしれない。

ていねいに、ていねいに。ひとつひとつのうつわに集中する。くもりのないグラスは、とても美しいものだ。徹底的に磨きをかけていく。ガラスに新たな命を吹き込むのだ。光に透かしてみる。まだだめだ。こんなものでは足りない。かつては玻璃と呼びあらわされ、シルクロードを越え、海を渡ってわが国にやってきた際には、その高貴な輝きと透明感でひとびとを驚かせ、唯一無二の宝物として珍重され、崇められた。ペルシア伝来のそのガラス器は、いま、シルクロードの終着点とも呼ばれる奈良県・正倉院に収められている。光に透かしてみる。よし、ようやく納得のいく煌めきを与えることができたようだ。次の食器の洗浄工程に移行する。そう、これは父と母、お気に入りの陶器の皿だ。ただの土塊が、人の手によって形を与えられ、窯の火に命を吹き込まれて、役に立つ道具となり、ぼくたちの前にふたたび姿をあらわす。土がうつわに変化するはるかな旅路は、わたしたちの生きる星、地球の悠久なる営みにも似て、

「ひーくん、お昼」

母だ。

「えっ、まだ洗いもの残ってるの?」

はい。ようやく半分終わりました。

「朝食の食器洗いが、お昼ごはんに間に合わないんですか?」

だってさ、きれいにしたかったんだよ。

「……とりあえず、お昼を食べてから……って、あれ? 洗剤」

えっ?

「1本、まるまる使っちゃったんですか?」

使ってないよ、はじめから少なかったんだよ。

「きのう取り替えたばっかりなんですが」

From 響

そんなはずないよ、ぼく、言われたとおりに洗ったけど。

「……もう一回教えるね」

なにか気に入らない点があったようだが、母は気が長い。とりあえず、クビはまぬがれた。

しかし、このままではほんとうに役立たずだ。家族に迷惑しかかけていないじゃないか。ああ、ついにこの時がやってきてしまった。

父の仕事

染色。父の仕事だ。父はクールなように見えて、むちゃくちゃ熱い。とくに染色に関しては、信じられないくらい、熱い。藍とか茜とか、いろいろな自然の染料を使って染めるのだけど、店に来る女のお客さんはよく
「きれい……」
と放心して眺めている。
ぼくもきれいだと思う。同じ色の服が1着もないんじゃないか、っていうぐらい、

たくさんの色がある。

詳しくはわからないけれど、父はいつも、すごく考えている。自然の染料で染めると、ふつうはすぐに色落ちしてしまうものらしい。だけど、父の染め物は色落ちが少なくて長く着られる、と常連のお客さんは言っていた。そのために、たくさんの工夫をしていると、父から聞いた。


ずいぶん前に、父から「ひーくん、染色やってみるかい?」と言われたけれど、ぼくにはむりだと思ったから、うーん、と答えた。

なんだか怖かったのだ。クールな父が毎日へとへとに疲れ切るほど苦労している染色が、ぼくなんかにできるのだろうか。間違いなく、足手まといになる気がする。部活さえ続かなかったぼくに、そんな体力はなさそうだ。

それに、父にまで見捨てられたら、完全に居場所がなくなってしまう。それはまずい。でも、伯父さんのところで働くのは、もっと無理な気がした。

工事現場では伯父さんのほかに、よく知らない強そうな人たちがたくさん働いていた。ぼくみたいなヒョロヒョロは、まちがいなくからかわれるだろう。

「おい、ヒョロヒョロ、あと10本、材木もってこいよ」

耐えられないな。


その夜、父に頼んでみることに決めた。紋付きの羽織とはかまに着替え、月代を剃り、まげを整えた。というのは嘘だけど、それぐらいの気持ちで臨んだ。

夕食後、父に切り出した。

お父さん、染め物をやらせてもらえないでしょうか。

「うん、いいよ」


軽い。あんがい、あっさりと決まってしまった。

ふたりだけの空間

あくる朝、ついに作業場に入る。

父に大きな鍋をわたされる。

「じゃ、それに、ホースで水を入れてくれるかい?」

蛇口をひねり、水を出す。どんどん貯まる。あふれる。

「うわっ、ひーくんさあ、水あふれてるじゃん。あふれる前に止めてよ」

もうあふれてしまっている場合は、どうしたらいいですか？

「……あふれてからでもいいから、とりあえず水を止めてくれるかい」

止めました。

父が近くまでやってくる
「そうだよな、ごめんごめん。2リットル、ってこの目盛りなんだけど、この目盛りまで水を汲んでほしいんだわ。わかった？」

はい、わかりました。

「……わかりましたじゃなくてさ。このいっぱいになった鍋。2リットルのところまで、水すててくれる？」

はい、わかりました。

From 響

染色を手伝う。ホライズンラボがオープンする前日まで2人での作業は続いた。

初日は、こんな調子だった。いや、ずっとこんな調子だったかもしれない。でも、ありがたいことにクビにはならなかった。父も長時間の作業のあいだ、話し相手のいるほうが気も紛れるようだった。

「ひーくんさあ、この色、どう思う?」

「きれいだね」

「だよね。父さんもこれ、良い色だと思うんだけど、もうちょっと明るいのが欲しいってお客さんが何人かいたんだよね。どうしたらいいんかね?」

「この色と、お客さんの欲しい色との、混ざった色のやつ作ってみたらいいんじゃないかね」

「ああそっか。じゃあやってみっか。ありがとな、ひーくん」

こんな感じで、たまには役に立つこともあった。

そして話題はコーヒーへ

でもやっぱり、いちばん良く話したのは、コーヒーについてだった。その頃から毎食後のコーヒードリップを任されるようになっていたから、父からは、コーヒーに関するするどい質問・要望がたびたび寄せられた。

「コーヒーの木ってどんなところに生えてるんかね」

「ああ、大きく分けるとアラビカ種とロブスタ種があるんだけどね、アラビカ種は最初に発見された品種で、風味は良いんだけど、暑さにも寒さにも弱いから、高いところで栽培されるんだよ。中南米のブラジルとかアフリカの山だね。ちなみに、きょう淹れたのはアラビカ種のコロンビアだよ。で、あとから発見されたロブスタ種は、逆に、強いんだけどあまり品質は良くないんだよね。だからインスタントコーヒーとかに使われるんさ。アジアで栽培されてるのはこっちが多いんだよ。ベトナムとかインドネシアが有名だね。じつはもう1種類、リベリカ種っていうのがあるんだけど、日本にはほとんど入ってこないらしいね。気になるよね。どんな味がするんだろうね」

「……ちょっと待って、ひーくん、それ、自分で調べたの?」

「うん、図書館でね」

「そっか……、すげえな」

あらかじめ調べておいたのが、役に立った。

なぜだかわからないのだが、コーヒーについては、自分から調べる意欲がどんどんどんどん湧いて出てくるようだった。ぼくとコーヒーが磁石のように引き寄せあった、というか。うっすらと、小さい頃、洗剤を集めていたのを覚えているのだけれど、あの時の感じに似ているような気がする。ものすごく好きで、大事な感じ。向こうから、話しかけてくる感じ。

「ねえ、ひーくんさ、オザワさんにいただいた焙煎機、使ってみようよ」

「うん、でも、なまの豆ないよ」

「そうか。あったらやるんだね？」

こういうときの父はほんとうに行動が早い。夜にはもう豆があったから、アマゾンではないと思う。

雑貨店のオーナー・オザワさんにいただいた焙煎機は、焙煎機というよりは、網でできたフライパンという感じの簡単なもので、直火で焼くから火の回りが早く、扱いが難しい。網とコンロの距離や、いちどに焙煎する豆の量などでも、味がまったく変わってしまう。とうぜん、はじめは真っ黒に焦がしてしまっていたが、当時は豆の色なんてぜんぜんわからないから、次の日の朝は朝食後に両親の大ブーイングを浴びた。

「ひーくん、これ、飲めたもんじゃないよ。今日はインスタントでいいや」と父。

「美味しくないね。わたしは紅茶にします」と母。

「っていうかひーくん、髪！」（両親）

「あ、そうなんだよ。焦がしちゃって」

両親のこういう容赦のないところが、ぼくは好きだ。お世辞を言わないから、信頼できる。ぜったいに「うまい！」って言わせてやろうと思った。けっきょく、その言葉がもらえるまでに1年かかったのだけど、ほとんど毎日のように焙煎し、豆の状態を見続け、両親の厳しい審査を受け続けたことが、いまのホライズンラボでの焙煎に役立っている。

また、母の友人がパティシエとして働いている、群馬でも屈指の名喫茶店である伊東屋珈琲に伺い、焙煎を見せてもらったこともある。焙煎度による味や香りの変化は、ここで初めて体感することができたように思う。

母のひらめき、父の実現力

「うまい！」をもらってから1年が過ぎた2017年の3月。朝食で出されたコーヒーを飲んだ母が、ちょっと考えて、言った。

「ねえひーくん、これお店開けるよ。やっちゃいなさいよ」

父はギクッとした顔をした。

「大丈夫だよ。リップルの常連さんだって、ひーくんが焙煎してるの知ってるでしょ。靴下とセットにするとか、いろいろできるじゃない。この味なら、ひーくんの食費ぐらいなら稼げると思うよ？」

その日の染色は、ずっとその話題で持ちきりだった。

「ひーくんさあ、どうすんの」

「うん、お母さんがそう言うってことは、やるってことなんだよ」

「だよなあ」

「靴下といっしょに売るって言ってたよね」

「ってことは、棚を用意するんかね」


そして、その日の夕食。父とぼくが、染色しながら決めたことを母に報告する。

「やるよ、ぼく。リップルで売ってくれるんだよね」

父も続く。

「俺、新しい棚作るよ。店のスペース空けてくれるかい」


母は父が言い終わる前に、もう口を開いていた。

「わたし、考えたんだけど。あの茶室、お店にしちゃおうよ」

えっ。

「いきなり店？　大丈夫かなあ」

と父。

「大丈夫だよ。っていうか、もうインスタグラムにそう書いちゃったから。4月1日オープンって」

ええっ。

父。「……あと3日しかないんだけど」

母。「できるでしょ?」


という感じで、ぼくと父は悩む時間も与えられず、ホライズンラボのオープンが決まった、というか、決めさせられてしまった。

考える前に行動するのが母のスタイルで、いつも感心させられる。


そして、そうと決まってからの父の手際も、やはりすごかった。

いままでも、「この人にできないことってあるんだろうか」っていうぐらい、いろいろできちゃう人だとは思っていたのだが、人間があそこまでテキパキと動き続けるところを見たのは初めてだった。

店舗デザインから始まり、照明、テーブル、ガス工事、塗装。コーヒー豆のパッケージまで作ってしまった。ひょっとしたら一睡もしてなかったんじゃないかと思う。ぼくも生まれて初めてペンキ塗りをして、いままででいちばん大量の豆を焼いた。

最後、ぼくと母が見守るなか、父は扉の窓ガラスに「Ｈｏｒｉｚｏｎ」とロゴを書き入れ、ホライズンラボはほんとうに3日で完成してしまった。

思いついたことは、行動したらほんとうにできてしまうし、行動しなければできないんだなと、すごく当たり前のことなんだけれど、そのとき知った。

そしてその夜は、ぼくはベッドの中でもずっとニヤニヤが止まらなかった。

これがきっと、達成感、というやつなのだろうと思った。

想像以上の反響！

4月のオープン当初は、平穏無事に過ぎた。リップルのお客さんのクチコミで売り上げも順調だった。あ、ちがった。２日目がわりと大変だった。

初日の営業を、両親の手伝いの元に終えたぼくは、

「明日から、ぜんぶひとりでやる」

と宣言してしまった。両親に手伝ってもらうのは、なんだか、かっこわるい気がしたからだ。

それを聞いた父は「ふーん」と言い、母は「別に手伝ってもらうんでもいいんじゃない？」と言ったが、ぼくははっきりと断った。

でも、結果は予想の通り。お店をやるというのはものすごく難しいことだと知った。お客さんと話をしながら、別のお客さんの注文を聞き、計算をして、商品を袋に入れ、別のお客さんと話をして……。ぜんぜんダメ。

「やっぱり無理でした」

と両親に頭を下げて、3日目からはまた、手伝ってもらうことにした。

でも、この事件はまだ幕開けに過ぎなかった。本当の山場が訪れたのは、5月のはじめ、インターネットにホライズンラボの記事が出てからだった。

客足が増え、とひとことで言えるレベルではなく、とんでもなく増えてしまって、大げさではなく、店の前が車で大渋滞するほどにあふれかえった。当時、ホライズンラボは1か月に1週間だけ営業していたのだけど、1週間分のコーヒー豆が1日で売り切れてしまった。

そのようすを見たとき、ぼくはなんだか無性に腹が立って、つい、店の中でパニッ

「ホライズンラボ」オープン当初。なお、現在、豆の販売はインターネットでの通信販売のみで、店頭販売は行っていない。

クを起こしてしまった。明日からどうすんだよ、と思ったのだ。
母は「なんなのよ、喜ぶところじゃん」となだめてくれたのだが、なぜだかわからない、腹が立って腹が立って、人目もはばからず「こんな店つぶしてやる！」と大声を出してしまった。お客さんたち、あっけにとられていたよ、と、あとになって母から聞いた。

発達障害と公表すべきか

5月3日。上毛新聞の記者さんがインタビューに来て、記者さんと両親とぼく、4人で話し合うことになった。議題は「記事にぼくが『発達障害』であることを書くかどうか」だ。

実は、初めてのネット記事では、「コーヒーの味に焦点を当てたい」ということで、発達障害があることにはまったく触れていなかった。なのに、予想以上に反響を呼んでしまって、しかもぼくがパニックを起こしてしまったことに、両親が危惧を抱いたのだ。

ほんとうは、公表したくなかった。確かにその頃、だんだんと自分がちょっと〝ふつう〟じゃないことを理解し始めていたけれど、それをわざわざ公開する必要があるのか、と思った。母が言った。

「じゃあさ、ひーくん、ああやってパニックを起こしたり、お客さんになにか失礼があったとき、毎回ひとりひとりに『すみません、ぼく発達障害なんです』って説明するの？　それ、すっごくたいへんだよ？」

「それでいいよ、そうする」

父が言う。

「でもさ、響。きみ、お釣りも放り投げたりするじゃん。お客さんの目も見られないでしょ。はじめにちゃんと説明しておいたほうが、みんな楽だと思うよ。お客さんの方も」

このさい、はっきりさせておこうと思った。

「……ぼく、障害者なの？」

みんな、黙ってしまった。

母が重い口を開く。

「わたしたち、響が中学校に入学したときから『発達障害』っていうものに向き合って努力してきたじゃない？　でもさ、このお店のことも、人によっては『どうせ家に金があっただけだろ』とか言う人がいて。お母さんもお父さんも、そうやって誤解されるのはいいんだけど、そこで響が『ぼくは健常者なんだ！』って頑張るのって、それ、中学校の頃に逆戻りしちゃうだけだと思うし、なんだか悔しいんだよ」

「…ぼく、そう思われてもいいよ」


とどめを刺したのは、父だった。

「でもさあ、ひーくん。『なんで子供を学校に行かせないんだ』って言われてさ。俺たちは俺たちで、すごい努力して、やっとコーヒーをさ、響の『つえ』を見つけたわけでしょ。それをみんなに言うのって、かっこ悪いことなのかな？」


…たしかに、そうだな。

いままで焙煎してきた豆たちに、謝らなきゃと思った。もちろん、飲んでくれた人たちにも。

ぼくは、自分が〝ふつう〟じゃないことを受け入れることにした。

まだすこし不安だけど、コーヒーがあれば、転びながらでも、なんとか歩いて行けるような気がする。

Chapter. 3

家族で見つけた
ぼくの“つえ”

焙煎までが仕事だが、自分の焼いた豆を客人に振る舞う機会も多い。

Section.
2

“ふつう”をやめて“自分”を認める

from 母

伝えることは難しい

家事を教えてみよう、とわたしは思いました。

響が、夫にみずから「染色をやりたい」と申し出たときには、かなり驚きました。染色に興味がある素振りなど見せたことがなかったからです。でも、だからこそ、他のことも平行して覚えさせなければと思いました。

万が一、染色でまったく使い物にならないということにでもなったら、また〝できない響くん〟の振り出しに戻りかねない。それでも、家事さえできれば、家の中で役割が見つかって、「居場所」ができる。家の中の手伝いをしながら、気長にやりたいことを見つければいい。そう考えていました。

しかし、見通しは少し甘かったのです。まずは簡単なことからと思い、食器洗いを教えたわたしは、食器洗いを「簡単」だと思っていた自分の浅はかさに気付かされました。

最初はわたしがやって見せます。

「ひーくん、これスポンジ。スポンジに洗剤を出します。これくらいの量で。左手で食器を持って、右手のスポンジでこすります。きゅっ、きゅっ。『だいたいきれいになったな』と思ったら、お水ですすぎます。すすぎ終わったら、水切りかごにおきます。これで1個終わりました。できる?」

「うん、できる」

「じゃ、お願いね」

わたしは洋品店のほうに顔を出し、3時間ほどで戻ってきます。お昼の用意があるからです。響は、と言えば、まだ食器を洗っています。

いちおう補足しておきますが、家族5人分の朝食の食器です。レストランの厨房ではありません。

横でちょっと眺めてみます。まずお湯は、どどどっ、と全開で出しっ放しです。響が洗っているのは、ごく普通のコップです。ごし、ごし、ごし、ごし、ごし。とにかくこすります。コップが削れてなくなってしまうんじゃないか、というぐらいこすります。ときどき、スポンジに大量に洗剤を追加します。これが10分でも20分でも平気で続くのです。しつこいようですが、1個のコップに対してです。わたしは我慢できなくなって声をかけます。

「ひーくん、もうお昼なんですけど」

……。

こうして、またはじめから洗い物を教えることになるわけです。

でも、次は言い方を工夫します。響には、あいまいな言い方が一切通用しません。大げさに言えば、スポンジでこする回数を指定してあげるぐらいじゃないとだめなのです。

響と接していると、「伝えること」の難しさをつくづくと思い知らされます。

失敗が見えていても体験させる

洗濯も教えました。これはまあまあ上手くできました。決まった量の洗剤と洗濯物を入れれば、洗濯機は自動で洗ってくれます。さすがに洗剤ひと箱を使うようなことはしません。

問題は、干すほうです。これがなかなか難しいようでした。まず、バランスを取って物干し竿にかけるということがわかりません。端っこにぜんぶまとめてかけてしまって、ぜんぜん乾かない。

次に、天気。もちろん、雨降りのときに洗濯をしてはいけない、くらいのことはわかるのです。判断が難しかったのは、〝雪〟でした。ここは北関東ですから冬にはそれなりに降るのですが、けっこうな大雪の日に、響がとつぜん洗濯を始めました。あわてて声をかけます

「ねえひーくん、お外、雪ふってるけど、洗濯物干せるのかな？」

「うん、大丈夫だよ！」

自信満々です。こういうときわたしは、必ず「何が起こるか」体験させるようにしていました。

しばらくして、ぱりっと凍った洗濯物のところに、響を呼びます。

「さあ、ひーくん、洗濯物を触ってみましょう！」

「あれ？　凍ってるよ？」

「そう、朝、お母さん『雪ふってるよ』って言いましたね。こういう日に洗濯物を干すと、凍ってしまうのです！　これがその状態です！」

「うわあ！お母さんすごい！」

この調子です。


干すといえば、失敗ではありませんが、こんなこともありました。

その日、響は夫と染色をしていました。わたしが昼食をつくり、

「ご飯だよ！」

と声をかけたのですが、響は、

「いま大事なところだから行けない！」

とどこかで叫びます。

不審に思った夫が見に行くと、響は縁側の日当たりの良いところに横たわっていたそうです。

「なにしてるの？　疲れた？」

「服がびしょびしょだから、乾かしてるんだよ」

「それ、脱いでハンガーに掛けたらいいんじゃない？」

「お父さん……すごい！」

ハンガーに干して、やっと3人揃って昼食にありつきました。


お使いに行かせたときも、なかなか印象的な行動を見せてくれました。

紙のメモはなくしてしまうので、手のひらに書かせます。

帰ってきて、響が報告します。

「買うもの、わかんなくなっちゃった」

手のひらを見ると、なにも書いてありません。

「あれ、どうしてなにも書いてないの！？」

「……、あっ！　そうだった」

Tシャツの袖をめくると、さっき手のひらに書いてあったはずのメモが二の腕のあたりに転記されています。響の字です。

「なんでそんなところに書いたの？」

「手のひらだと恥ずかしかったんだよ」

From 母

商品にたどりつけても、買えないことだってあります。

「お醤油、買えなかったよ」

「どうして？　売り切れ？」

「高いところにあって、手が届かなかったんだよ」

そういうときはお店の人にお願いするんだよ、と教えます。

〝面倒〟だから考えるのをやめていた

なんだかとんち合戦みたいで、毎回、なにが起こるのか予想もつかず、だんだんと楽しくなってきます。

それと同時に、わたしたち夫婦は「響本人」のことをまったく、なにも知らなかったんだな、と思い知らされます。

ずっと人任せにして、〝できない響くん〟の話を人づてに聞き、「発達障害」についての情報を読みあさり、目に見えない〝ふつう〟を目指すようプレッシャーを与え続けていたことに気付くのです。

響という、〝ふつう〟とはかけはなれた特異な脳、あるいは心の持ち主を、親であるわたしたちこそが教育に丸投げし、守ることを放棄し、その結果として、響は、達成感を知ることなく、自信を失い、無気力になっていたのだと感じます。

教育を批判する意図はありません。響のような、一般的には「なにもできない」とされてしまう子に〝達成感〟や〝自信〟を与えるには、大人の多大な努力が必要で、すべてを教育に任せるのは無理があります。その無理を、心の隅では知りながらも、「面倒だから」と考えるのをやめ、責任を学校に丸投げしていたのは、わたしたちのほうなのです。

つまるところ、響がここに〝帰って来る〟まで、わたしたちの取ってきた行動はすべて「面倒くさい」を体現していたにほかなりません。響の考え方や行動をひとつひとつ知り、ともに体験することで、やっと「面倒くさい」から抜け出すことができたのだな、と実感しています。

本音を言えば、もちろん面倒です。食器洗いをまかせたせいで、お気に入りの陶芸作品をいままでに50個は割られています。しかも、響はそれを家の中の見えない場所に隠すのです。見つけたときの腹立たしさと言ったら！

でも、こういう面倒くささを回避していると、あとでかならず「ツケ」が回ってくることも知っています。だから、ひとつずつじっくりと教えていくしかないのです。怒らないから、もう隠さないでね、と。そして、その50個のかげに、ちゃんと〝洗い物ができた〟も隠れているのです。

そう考えれば、割れた器にも価値があったと思います。

コーヒーへの情熱

響はけっきょく、染色も覚えられませんでした。皮肉にも、わたしの予想はまた、半分当たってしまったことになります。でも、残りの半分は予想をはるかに超えていました。コーヒーとの出会いです。

最初、夫が「響、ひょっとしたらコーヒー、行けるかもしれないよ」と報告してくれときには、まだ半信半疑でした。

じつは以前、料理を教えたことがあります。

響は、発達障害の子にしては珍しく、好き嫌いがまったくありません。食べることが大好きで、中でも珍しい香りのするスパイスには目がありません。そこでカレーを作らせてみたところ、これがピタッとはまり、一時期、響には「スパイスカレーブーム」が到来したのです。

もちろん、はじめは焦がしまくりで、食べられたものではありませんでした。それどころか、お米を計るのにすら苦労していました。カップで何杯お米をすくったのかを忘れてしまい、米袋に戻してはすくうのをくり返していたので〝正の字〟を書くことを教えて解決したこともあります。

それでも、日を重ねるごとに腕を上げ、わたしたちが絶賛するのはもちろん、ふるまった知人たちの間でも評判を呼びました。そのときにも「家の2階でカレー屋を開こうか」と考えたぐらいです。

そこに、コーヒーがオーバーラップしました。

「カレーにコーヒー混ぜたら、美味しくなるんだよ」と言ったのが、ちょうどコーヒー焙煎と重なり、響は、カレーとコーヒーの組み合わせなども研究していました。でも興味の軸足はコーヒーの焙煎へと移行していき、しまいにはカレーに見向きもしなくなってしまいました。

こういう出来事があったので、ぬか喜びしてはいけないな、と、わたしも期待をやや抑えるようにしていたのです。でもコーヒー熱はまったく冷める気配がなく、間近で見ていた感じでも、コーヒーへの情熱はスパイスの比ではありませんでした。

自分でどんどん調べ、言葉通りの意味で、寝る間を惜しんで焙煎を研究し、ついにはホライズンラボの開店にまでこぎ着けました。

〝ふつうじゃなさ〟を受け入れる

それだけではなく、コーヒーとの出会いは、思わぬ収穫をもたらしました。響が自分の〝ふつうじゃなさ〟を受け入れ始めたことです。

当初は、ホライズンラボに「発達障害」の文字を掲げるつもりはありませんでした。というよりも、そこまでは考えていませんでした。開店の目的は、響が自信を獲得すること、それだけでした。「自分の手でお金を稼げた」という達成感を味わって欲しかったのです。

でも、わたしたちの予想を超えてホライズンラボが話題となりはじめ、「高校に行かず、自分の店を始める」という選択がここまで話題になるものなのだ、ということを知り、たいへん驚きました。それと同時に、これは少々マズいことになったぞ、と思ったのです。

すでにご承知のとおり、響には、接客がほとんどできません。

一見なにも問題がなさそうなのに、話したり行動したりすると、奇妙さが丸出しになってしまいます。お釣りを放り投げ、お客さんを放置し、同世代の子に話しかけられると、緊張して、壁の方を向いて固まってしまう。これでは、響がいくら隠そうとしても無理です。

「発達障害」を前に出してしまうと、あらゆる毀誉褒貶が飛び交うことも容易に予想がつきました。わたしたち夫婦もかなり悩みました。しかし、豆が一日で売り切れてしまい、響がパニックを起こしてしまったのをきっかけに、決断せざるを得なくなりました。

公表したことで、きっといろいろな憶測が流されるだろう。でも、どんな悪口でも受け止めよう、そしてうまく乗り切る方法を家族全員で一緒に考えていこう。その上で、響の生き方が少しでも誰かの参考になってくれるならそれでいい、というのが、わたしたちの出した結論でした。

響ははじめ、公表を頑として拒みました。無理もないことだと思います。「コーヒーの味だけでは納得いかないのか」とか、「自分を知ってる人が見たらきっと笑いものにするだろう」などと言います。笑いものにされる、というのは、響のトラウマでもあります。学校での記憶がありありと思い出されるのでしょう。たたみかけるように「ぼくは障害者なのか?」と問い詰められ、わたしは答えに窮してしまいました。でも、続いた夫の問いかけに、響もわたしも目を開かされました。

「コーヒーが、ずっと探していた響の『つえ』じゃないのか? それは恥ずかしいことなのか? まだ、〝ふつう〟のふりをし続けるのか?」

ほんとうに、そうでした。

〃ふつう〃のふりをやめるために、ここまでやってきたのです。ここで隠しても、またあの苦しんだ中学時代に逆戻りするだけなのです。

あのとき捨てたつもりの〃ふつう〃は、まだまだわたしたちを縛っていたのだな、と改めて気付かされた瞬間でした。

自分は自分でいて良い

さて、その後も、響はコーヒーを焼き続け、毎日軽くやらかし、たまにパニックを起こしています。でも、とても楽しくて笑えることばかりです。

響は最近、納品書に挑戦を始めました。せっかく買ったパソコンでは「上手にできない」と言うので「じゃあ手書きでいいよ」ということになったのです。お世話になっている「Ｄ＆Ｄｅｐａｒｔｍｅｎｔ」さんへの納品書を書く、と宣言し、「宛名の練習をするから」と響は部屋にこもりました。

ポストに持って行くつもりでこちらは待ち構えているのに、なかなか練習は終わりません。おかしいな、と部屋を覗いてみると、部屋一面に散らばった紙に書かれた

「&」の文字。

「ひーくん、まさか、一日中ずっと『&』を練習してたんじゃないよね？」

「いや、ずっと『&』を練習してた」
とか。

コーヒー豆の通販がはじまり、売り上げに一喜一憂（意外でしょ）する響。

ちょっとでも予想より低いと、「裏切りだ！」と大騒ぎを始めるのです。しかし家族も「あっ、これはひさびさに来るな」と慣れっこです。弟たちも含めてみんな各自の部屋に避難するのですが、響は廊下でわーわー叫んで、廊下を転がり回っています。

響は、わたしの部屋の前で「お母さん！　どうしたらいいんかなあ！　おかあさん！」と泣き叫びます。

「とりあえず、お風呂に入って寝て下さい！」

「どうしよう！　ぼく、あしたハローワーク行かなきゃ！」

なんでそこまで妄想しちゃうんだろうって思うんですけど。で、わたしがちょっと部屋から出ようとしたら、廊下を転がってる響に「がしっ」って足を掴まれて。「怖い怖い！　足掴まないで！」って、こうなんです。

でも、次の日の朝にはぜんぶ忘れて「おはようー」ってやって来ます。

いつもこうです。


そうそう、少し前になりますけど、こんなこともありました。

義務教育というのは本当にありがたいもので、中学校に行かなくなった響の元にも、先生が家庭訪問に来て下さるのです。

学年で言えば中学3年生で、普通に通っていたら卒業間近の頃です。先生は響に向かってこうおっしゃいます。

「響くん、卒業アルバムにいっしょに載りませんか」

響はうつむいて黙り込んでいます。

「…………」

「みんなは、響くんのことをクラスメイトだと思っているんだよ。どう？　一緒に写らない？」

「……、重いです」

わたし、吹き出してしまって、もう大変でした。でも先生はあきらめずに続けるんです。

「いまは、写真の合成技術が発達しているので、違和感なく集合写真に参加してるようにも加工できるんだよ」

響はもう爆発寸前で、わなわなしながら、

「けっこうです！」

わたしもう、耐えられなくって声に出して笑ってしまって。

先生はほうほうの体で帰られたんですけど、そこからの響のパニックぶりがまたすごかった。大声で、

「合成写真なんてそんなわざとらしいことだれが嬉しいんだ！　ぼくがそこに入れてくれって頼んだみたいじゃないか！」

「ひーくん、だれもそんなこと思わないから！」

もう本当にわたし耐えられないぐらいおかしくっておかしくって。

「ちくしょう、みんなぼくを陥れようとしてるんだ！　あとでそのアルバム見てみんなで笑いものにするつもりなんだろう！」

「ないない！ないよひーくん！そんなことする人いないから！　落ち着いて！」

「卒業アルバムを合成するために写真技術が発達したわけじゃないんだ！」

腹筋がちぎれるかと思いました。本人は大まじめなんですが。


でも、なんだか嬉しく思いました。以前の響のままなら、ひょっとすると〝ふつう〟を求めるあまり、アルバムに写りたがっていたかもしれないからです。

自分は自分でいて良いんだ、という自尊心がきちんと育ってくれていることを感じて、わたしは腹筋がつりながらも、誇らしく思いました。

From 母

Chapter. 3

家族で見つけたぼくの“つえ”

Section. 3

「自分で手に入れる」かけがえのない経験

from 父

実はドリップにもこだわりをもっている。自己流だが、かなり丁寧。

染色作業の日常

染色をさせてみて、どれほどまでに響が「できない」のか思い知らされました。指示なしではピクリとも動かないのです。

朝の作業は、私の「きのう、最初に何やったんだっけ？」から始まります。

作業場の入り口で立ち尽くした響は、しばらく考えます。運よく思い出せると動き出しますが、それが終わっても、こんどは次の作業を忘れています。ですから、ひとつずつ指示を出すことになります。


「響、鍋に水、汲んでくれる？」

「響、2リットルだったよね」

「響、それコンロに置いてくれる？」

「響、コンロに火、着けてくれない？」

……

……

……

えんえんと続きます。

これが、染色を始めたばかりの頃だけだったら私も別になんとも思いません。でも、結論を言えば2年間、響が焙煎所を開く前日まで変わりませんでした。

もし、指示を与えないとどうなるかというと、鍋に水を汲んできても、量が記憶からすっぽりと抜け落ちていますから、水の量が毎回まちまちになります。1リットルのときもあれば、2.5リットルのときもあります。なので、水を汲み始めたときに、「2リットルだからね」と間髪入れず声をかけなければなりません。

わからないなら聞けばいいのに、と思うのですが、響は「質問する」ということを知りません。最初は腹が立ちました。しかし、何回も繰り返すうちに、だんだんと不思議に思えてきました。

そして、私なりに推察して出した結論は、「水を汲む」という作業に集中しすぎて、「量」という要素を完全に忘れてしまう、というものです。ですから、とうぜん「質問」などという別の要素に思い至るわけもないのです。

さらには、作業内容の指示だけではなく、「動きの丁寧さ」にも注文をつける必要があります。鍋をコンロに置くときにも、「ゆっくり置いてね」と言わないと、毎回、ガシャン、と勢いよく置いてしまうのです。これまで、ステンレスの高価な鍋にも、響はたびたび穴を空けてしまいました。

新たな発見

単純なルーティン作業が多い染色なら響にもできるだろう、と考えていたのですが、安易な思いつきだったようです。何日かの働きぶりを見た時点で、これは時間がかかるな、と軽く絶望を覚えました。といっても、もちろんあきらめたわけではなく、何年、何十年かかってでも覚えさせようと腹をくくったのです。

しかし、救いもありました。響はまじめなだけではなく、やる気もあります。これは新たな発見でした。中学生のころ、部活の練習や宿題をやらない彼を見て、やる気がないのかな、と疑っていたのですが、じっさいに仕事をさせてみると、過酷な作業にも文句ひとつ言わずに取り組みます。

私も、作業で疲れてくると感情的になり、つい声を荒げてしまったり、ここでは書けないような辛辣なことも言ってきましたが、決して愚痴をこぼすことなく、懸命に仕事を続けていました。こういうところは学校で評価されなかったのか、と不憫に思いましたが、これだけ熱心にやっているならそろそろ覚えたかな、と期待しても、翌朝になるときれいさっぱり忘れているので、差し引きゼロといったところでした。

このように書くと、まるで私が叱ってばかりだったようですが、そんなことはありません。

いっしょに作業をしていてわかったのですが、響には一種独特な雰囲気がありました。表現するのが難しいのですが、年齢が離れた私とでも、なんとなく、対等に話すことができるのです。これも新たな発見だったと思います。

失礼な口をきく、ということではありません。慣れない人には堅苦しく、しゃっちょこばったところのある響ですが、「仲良く」なってくると、いい感じに、おもしろい意見を出してきます。絵や写真、音楽など、20代の頃の気の合った友達と話すような感じで会話ができるのです。

From 父

父親と息子が仲良くなる、という表現もおかしいかもしれませんが、うわべの知識ではなく、こいつ、妙に「わかってる」奴だな、と思わせられることがたびたびありました。

そして、学校ではきっと退屈だったんだろうな、とも思いました。大人びている、というのともまた違うのです。たしかに言葉づかいは大人びているのですが、それとは別に、なかなか良い目をもっているな、という感じがしました。なので、長いこと職人として生きてきた私としては、響をなんとか、どんなジャンルでもいいから〝モノ〟にしてやりたいな、と言う気持ちが出てきました。

もしかすると、作業場の中では、〝先輩と後輩〟みたいなノリになっていたかもしれません。その感覚は、野球部出身の私としてはけっこう楽しいものでした。ですから響が染色をしなくなったいまは、少し寂しいような気もするのです。

ともあれ、染色の作業中、私が響に対して常に言っていたのは「できないことがわかったのなら、じゃあ自分はどうするのかを考えろ」ということでした。

響には、発達障害という以前に「自分にはなにも成し遂げられない」というネガティブな思い込みがありました。ですから、すべてが「できない」で終わっていた響の心を、小さなことでもいいから、「できる」に変えたいと思っていたのです。

その一環として、染色のことだけではなく、日常のこまごまとした事柄について響に回答を求めることがよくありました。「自分の頭で考えて答えを出す」という過程を通して、自力で問題を解決するという手応えを感じて欲しかったのです。

ひと筋の光「コーヒー」

実は、コーヒーも、はじめはそのひとつに過ぎませんでした。

コーヒーについては当初、趣味のひとつで終わるんだろうな、くらいにしか考えていませんでした。〝洗剤ならべ〟や、時計の分解、石集め、カレー（スパイス）など、数ある響の「偏愛」歴に加えられてしまうのだろうなと考えていたのです。

しかし、コーヒーだけは、いままでの偏愛とはちょっと違っていました。無理難題のような質問をぶつけてみても、よどみなくスラスラと答えます。聞いてみると、私の質問を予測して、あらかじめ本を借りて調べていたと言います。はじめての手応えだったので、「これは面白いぞ」と思いました。

リップル洋品店が毎年展示会を開かせていただいている雑貨店・ジャムカバーの小沢さんが、「美味しいのが焼けたら持ってきてね」と永年貸与して下さっていた焙煎機が、そのときはまだ、ほとんど手つかずの状態でありました。

幸いなことに、染色場には強火力のコンロもありますし、響も火ぐらいはつけられるようになっていたので、

「ひーくん、ちょっと小沢さんの焙煎機、使ってみようよ」

と、文字通り焚きつけてみたのです。

でもそこは〝できない響くん〟ですから、

「うーん、でもさあ、なま豆もないしさあ」

と尻込みしています。ここは退路をすべて断たなくては、と思い、

「よーし、豆があったらやるんだな？　言ったな？」

と、その日のうちに（ちょっと秘密のルートから）調達して、響を半ばむりやり、コーヒー焙煎の方向に持って行ってしまいました。

希望の尻尾を掴む

予感と思惑は的中しました。

響はその日を皮切りに、ほぼ毎日、染色の作業が終わる午後10時から朝方まで焼き続けました。部活の自主練習すらやろうとしなかった響が、言われなくてもコンロの前に立つようになったことが大変うれしかったのと同時に、好きなことを見つけたときの集中力に圧倒されました。

当然、はじめは真っ黒焦げの豆しかできませんでした。まともに飲めるコーヒーを安定して焼けるようになるまで、半年はかかっていたと思います。豆もずいぶん無駄にしました。でも、そこからの成長は早く、1年が経つ頃には、私たちの好みを把握して、細かく焼き分けられるほどになっていました。ある日をさかいに一気に成長するというのは、幼少期から変わらない、響の特徴なのかもしれません。

そして、私もあとから知ったのですが、響がはじめに使っていたような手網の焙煎機は、焙煎の技術を高めるのにとても役に立つそうなのです。大きな焙煎機を入手したときにも、響がまったく普通に焼き始めることができたのも、このときの経験が少

From 父

なからず役に立っているようです。

焙煎を始めた頃、焙煎はあくまでも「趣味」という認識でしたので、どんなに焙煎に熱中しようと、仕事である染色をサボることは許されませんでした。響は寝不足でフラフラになっていましたが、それまでに見たことない明るい表情を見せ、忙しさと興奮とで饒舌になっていました。

ついには「ぼく、カフェをやろうかな」などと言い出します。「きみ、洗い物もできないのにどうやってカフェやるつもりなの？」などと返しながらも手応えを感じずにはいられませんでした。

作業場では毎日妄想をふくらませていました。相変わらず、染色に関してはほとんど覚えられないままでしたが、響は、希望の尻尾のようなものをようやく掴みはじめていたのだと思います。

最高レベルの無理難題

さて、〝妄想〟と言えば、わが家では妻のミドルネームと認識されています。

いつかは来るだろう、と予感はしていましたが、ホライズンラボの発表から完成まで、たった3日間しか猶予がもらえなかったのは、妻の「やっちゃいなよ！」歴の中でも最高レベルの無理難題だったように思います。しかし私も、「やってやるよ！」歴20年のプライドに賭けて、なんとしてでも響に最高のショップ兼焙煎室をプレゼントしてやろうと思いました。

妻は、もともと茶室だった場所を改造しようと言います。たしかに、和と洋の違いはあれど、コーヒーの仕事に向いた縁起の良い場所だと思いました。もし茶室の神様が住み着いているのだとしたら、「おっ、こいつらなんか面白いこと始めたぞ」と喜んでくれそうな気もします。

ひさびさの大工仕事で、私も腕がなりました。昼は染色、夜は大工仕事と、サラリーマン時代の残業以上に働きました。三日三晩寝ずに作業を続けましたが、あまり疲れを覚えませんでした。途中でふと、

「あれ、俺たち、響本人より楽しんでるんじゃねえか？」

とも思いました。

当初の予算は100万円を予定していたのですが、いろいろ工夫し、響にもペンキ塗りを手伝わせて、最終的には10万円をちょっと出るくらいに抑えることができました。高校進学費用と考えれば、ずいぶん安く済んだものです。

「自分で手に入れる」大切さ

完成したホライズンラボを眺めながら、私たちはずいぶんと変わった場所に辿りついたものだな、と思いました。

響が「アスペルガー症候群」と診断されたとき、とうぜんコーヒーの焙煎なんて思いも付きませんでしたし、誰かに言われても一笑に付したことでしょう。

でも、思い返してみれば、私の染色もコーヒーからのスタートでしたし、それも妻の思いつきで始まったものでした。縁の不思議さを感じると同時に、人はけっきょく、自分の経験からしか言葉を伝えることができないものなのだな、と思いました。

響に染色を教えながら、私は何度となく〝自分はどうやってこの仕事を身につけたのだろう〟と思い返していました。まったく染色を覚えない響と、当時の私の違いはどこにあるのか、と比較したのです。教え始めた時にはよくわかっていませんでしたが、いまではそれが良くわかります。

染色を始めた当時の私は、13歳の響に比べて圧倒的に知識もありましたし、手際も要領も良かったと思います。しかし、それはたいした差ではありません。私も最初は、いまにして思えば気が遠くなるほど、数限りなく失敗を繰り返していたからです。

でもわたしは、染色をやめようなどと思ったことは一度もありませんでした。ただただ楽しくて、どうやったらうまく染められるか、そればかりを考えていました。「これくらい、俺ならできるはずだ」と根拠のない自信がありましたし、実際に、やり続けて成功しなかったことなどなかったからだと思います。

私だけではなく、妻も同じだと思います。私の染色と同じく、彼女も完全に思いつきで服飾を始め、独学で習得したのです。妻はあまり「失敗」について語りませんが（というより「失敗」などと思ったことはないのかもしれませんが）、他人からは理解され難いような作品を作ることもあったでしょう。でもやっぱり、根拠のない自信があって、洋服作りをやめてしまおうなどと考えたことはなかったと思います。

できあがった服に袖を通したときの嬉しさや、それが他人に評価され、売れたときの喜びは、何ものにも代えがたいからです。そして、響がこれまで持っていなかったのはその「無根拠な自信」と「完成したときの喜び」でした。

きっと、染色でも服飾でも洗い物でも、なんでも良かったのです。響にも、自分で選び取り、勝手に追求し、完成させ、「自分で手に入れたんだ」という経験を持たせなければいけない、と、私たちは無意識のうちに考えていたのだと思います。

そして、響が家に〝帰って〟くるまではそれに気付かず、私たち夫婦はずっと間違いっぱなしでした。

自分たちですらろくに持っていない〝ふつう〟を追い求めて、喜びという報酬を得る方法も教えないまま、結果、ひとりで世間と戦わせてきました。傷つくのも当然のことです。ただでさえ、〝ふつう〟とは違う表現方法しか持つことができないように産まれてきた響に、なんとか〝ふつう〟を装わせようとして、壊しかけてしまっていたのです。

もちろん帰ってきてからも（それが間違いだったとは決して思わないのですが）私

たちは、染色や家事や料理などという、結局のところ響がぜんぶ忘れちゃうようなヒントしか与えることはできませんでした。でも、そんな至らぬ私たちからでも、響は焙煎という「なんとしてでも極めたいもの」を見つけ出し、大人たちを動かして、店を持つに至ったのです。

ホライズンラボは、響が自分で手に入れた、「コーヒーへの思い」の結晶です。そして響が見つけたコーヒーという「つえ」は、家族を動かす〃魔法の杖〃でもありました。

From 父

Epilogue

ふたつの波

from 響

ぼくは、「見えかた」がいろんなふうに変わるものが好きだ。角度を変えたり、明るさを変えたり、熱を加えたり、叩いたりすると、見えかたが変わるものがある。

ぼくにとっては、コーヒーもそういうもののひとつだ。コーヒーを焼くとどうして味が変わるのか、ぼくには良くわからない。だけど、なぜか形が変わって「美味しく」なる。

コーヒーを「美味しい」って思うのは、とても不思議だ。ふつう、動物は苦いものや酸っぱいものをきらうらしい。それは、「苦さ」とか「酸っぱさ」は、食べてはいけないというシグナルだからだと聞いた。

でも、コーヒーは「苦味」と「酸味」を楽しむものだ。苦い、だけでも、酸っぱい、だけでも、きっと美味しくはならない。ふたつが混ざると、美味しくなる。混ざると、それぞれが単独で存在するより、ずっとお互いの風味が引き立つようになる。

それがどうしてなのかも、ほんとうに良くわからない。

「コーヒーを焼くとどうして味が変わるのか」よりは知っているような気がする。そして「苦みと酸味が混ざるとどうして美味しくなるのか」をもっとくわしく知りたいから、ぼくは焙煎しているのかもしれない。いつかはわかるのかもしれないし、わからないかもしれない。

ぼくが知っているのは「苦み」と「酸味」というふたつの波が合わさると、すっ、と波が消えて、穏やかな場所が出てくる、ということだ。ぼくはその穏やかさがとても好きだ。

父と母というふたつの波が波紋を作り、ぼくを通って水平線を作った。
だから、ホライズンラボはぼくだけのものじゃない。父と母の作品で、贈り物で、ぼくの穏やかな居場所だ。
ほんとうにありがとう。

From 響

そして、ここは、コーヒーという、「ぼくの言葉」をつむぐ場所だ。ぼくは自分をあまり上手に表現できないけれど、コーヒーでなら、少しだけ上手に話すことができる。きっと、聞こえない人もたくさんいる。残念だと思う。それは、ぼくの言葉が、まだ足りていないせいだ。

コーヒーは美味しい。ぼくは、ぼくが美味しいと思うコーヒーを焼いている。でも、それが美味しくないと思う人もたくさんいる。しょうがない。でもあきらめようとは思わない。もしかしたらその人も、ぼくの豆をそのうち美味しいと言ってくれるかもしれないし、その人がおいしいと思ってくれる豆を焼けるぐらい、ぼくがいまよりもっと上手に焼けるようになれるかもしれない。

おいしくねーな、と言いながら飲んでくれる人もいるかもしれない。捨てられてしまうかもしれない。

でも、そこに届いているのはまちがいない。それだけでも、すごくうれしい。

ほんとうにありがとうございます。

以前、大坊さんのお宅に伺ったとき、手土産の葛餅のお礼に、釈迢空という人の短歌をいただいた。

葛の花　踏みしだかれて、色あたらし。この山道を行きし人あり

言葉の意味はあまりわからなかった。だけど、君がわかるようにわかれば良いんだ、と仰っていた。だから、ちょっと考えてみた。

新しく咲いた葛の白い花があって、わあ、きれいだな、と思う。でも、良く考えてみると、先に歩いていた人がいて、その人が踏んだから、新しい色の葛の花が出てきたってわかった。で、その、わあ、って思った人も、葛の花を踏んで、新しい葛の白い花が咲く。そして、別の人が、わあ！……。

あ、そうか、きっとそういうことなんだ。
ぼくも、だれかにわあ、って言われるようになれたらいいな、と思った。

From 響

でも、ずっと、わあ、って思う気持ちも忘れたくないな、とも思う。

なんだか良くわからなくなっちゃった。

でも、大坊さん、ほんとうにありがとうございました。

もちろん、最後まで読んで下さった方にこそ、いちばんのお礼を言いたいと思います。父と母に代わり、お礼を申し上げます。

ほんとうに、ありがとうございました。

岩野 響

［著者紹介］

岩野 響

2002年生まれ。焙煎士。小学3年生でアスペルガー症候群と診断される。優れた味覚・嗅覚を活かし、高校進学をせずHORIZON LABO（ホライズン・ラボ）を開業。現在は通信販売で月替わりのオリジナルブレンドのコーヒー豆を販売している。
HP　https://www.horizon-labo.com/

岩野 開人　岩野 久美子

響の両親。群馬県桐生市在住。裁断・染色などすべてが手作業、すべてが一点モノの洋服を扱うRIPPLE YōHINTENを営む。
HP　http://www.ripple-garden.com/

コーヒーは ぼくの杖
～発達障害の少年が家族と見つけた大切なもの

2017年12月25日　第1刷　発行
2018年 6月15日　第3刷　発行

著　者　　岩野響・開人・久美子
発行者　　塩見正孝
発行所　　株式会社三才ブックス
〒101-0041
東京都千代田区神田須田町2-6-5 OS'85ビル
電話 03-3255-7995
FAX 03-5298-3520
htttp://www.sansaibooks.co.jp

印刷・製本所　株式会社光邦